Erotische Herrschaft und Unterwerfung Bd. 7

Erika Sanders
Serie
Herrschaft und erotische Unterwerfung

©Erika Sanders, 2025

Titelbild: © krivitskiy- Pixabay, 2025

Erstausgabe: 2025

Alle Rechte vorbehalten. Die vollständige oder teilweise Reproduktion des Werks ist ohne ausdrückliche Genehmigung des Urheberrechtsinhabers untersagt.

Zusammenfassung

Dieser Band enthält drei inhaltliche romantische und erotische BDSM-Titel.

- Nur Freunde?:

Es ist ein Roman der Dominanz CFNM (Clothed Female Nude Male - Die Frau gekleidet The Naked Man) eine Art weiblicher Dominanz.

Nancy und Bob sind seit 20 Jahren befreundet.

Dies ist eine schwierige Zeit für Nancy.

Sie hat ein Foto von einer Freundin erhalten, auf dem ihr Freund von einer anderen Frau begleitet wird.

Bobo ist immer da, um sie zu unterstützen und zu trösten.

Hat Bob bemerkt, dass Nancy ihn etwas intimer ansieht?

Wird Bob von den Wünschen seines Freundes dominiert?

- Mitbewohner:

Vicky und Joyce sind zwei College-Mitbewohner.

Vicky ist dünn und schwach und Joyce ist breit und stark.

Eines Tages sieht Joyce eine skandalöse Sendung im Fernsehen, während Vicky versucht zu lernen.

Vicky bittet Joyce, die Lautstärke im Fernseher zu verringern, aber als sie sie ignoriert, versucht sie, an die Fernbedienung zu gelangen.

Dies führt dazu, dass ein Kampf um die Fernbedienung beginnt, der in einer Art freiem Kampf zwischen den beiden endet.

Joyce setzt sich im Kampf gegen Vicky durch, indem sie sie und ...

- Nach dem Unterricht:

Der Protagonist dieser Geschichte ist ein Tanzlehrer, an dem ein sehr hübsches Ehepaar zum ersten Mal teilnimmt.

Dieses Paar ist Skitrainer, hat also sehr gut geformte Körper und ausgeprägte Formen.

Die Tanzlehrerin ist geblendet von der erotischen Schönheit von Stella, der neu angekommenen Frau im Unterricht.

Wird er eines Tages eine Chance mit ihr haben, wenn sie alleine ohne ihren Ehemann in der Unterrichtsstunde erscheint?

Nur Freunde?, Mitbewohner und **Nach dem Unterricht** sind Geschichten mit stark erotischem BDSM-Inhalt, die wiederum zur Erotic Domination-Sammlung gehören, einer Reihe von Romanen mit hohem BDSM-Gehalt.

(Alle Charaktere sind 18 Jahre oder älter)

Anmerkung zum Autorin:

Erika Sanders ist eine international bekannte Schriftstellerin, die in mehr als zwanzig Sprachen übersetzt wurde und ihre erotischsten Schriften, weit entfernt von ihrer üblichen Prosa, mit ihrem Mädchennamen signiert.

Index:

EROTISCHE HERRSCHAFT UND UNTERWERFUNG BD. 7
ERIKA SANDERS

NUR FREUNDE? CFNM-DOMINANZ

KAPITEL 1

Nancy saß mit klopfendem Herzen auf der Couch.

Aber sie weinte immer noch nicht.

Bob saß neben ihm und fragte sich, ob sich das ändern würde.

Nancy starrte immer noch auf das verdammte Bild auf ihrem Handy und fragte Bob:

"Denkst du, ihre Brüste sind falsch?"

"Nicht so falsch wie ihre Nägel", sagte Bob und versuchte, die Dinge so leicht wie möglich zu halten.

"Sie könnten echt sein", sagte Nancy und trat näher, um einen besseren Blick zu bekommen.

"Ihre Brüste oder ihre Nägel?"

"Ihre Brüste. Ihre Nägel können auch echt sein. Hast du jemals Julias Nägel bemerkt? Ihre sind echt."

"Okay", sagte Bob mit einem Nicken und Achselzucken.

Er würde nicht mit Nancy streiten, nicht während sie mit einem solchen Foto beschäftigt war.

"Hat Chris dir das Bild geschickt?"

"Ja, aber warum sollte Andy es an Chris schicken?" Fragte sich Nancy.

"Prahlen mit Rechten."

"Glaubst du, Chris hat Bilder von mir auf seinem Handy?"

"Hast du Andy jemals Fotos von dir machen lassen?"

Nancy schnaubte.

"Er hat es einmal versucht und ich habe ihm das Telefon aus der Hand genommen."

"Gut für dich", sagte Bob und lächelte zustimmend.

Bob hatte ihr vor langer Zeit erklärt, warum es nie einen guten Grund gab, einen Mann ein kompromittierendes Foto von ihm machen zu lassen.

Jungs können solche Fotos nicht für sich behalten.

"Sie scheint die Art von Mädchen zu sein, die auf vielen Handys auftaucht."

"Ja, sie sieht aus wie ein echtes Partygirl", sagte Nancy und starrte immer noch auf ihr Handy. "Vielleicht war sie an einem Abend mit ihm zusammen? Andy hätte betrunken sein können oder so."

"Vielleicht", gab Bob zu und stritt immer noch nicht mit ihr. "Sie wissen, was passiert, wenn ich mich betrinke."

Nancy nickte, bevor sie ein Loch in ihre Theorie machte.

"Außer, dass Andy nicht so ohnmächtig wird wie du."

"Ich werde nicht immer ohnmächtig", beschwerte sich Bob.

"Nein, aber es macht Spaß, wenn du es tust", sagte Nancy mit einem Lächeln.

Sie tätschelte ihm das Knie und ließ ihn wissen, dass sie ihn nur veräppelte.

"Und das habe ich seit Jahren nicht mehr getan."

"Ist er sexier als ich?"

"Überhaupt nicht", sagte Bob.

"Hast du ihre Bräune bemerkt? Es ist eine falsche Bräune, falls ich jemals eine sehe. Was ist mit ihren Haaren? Wer bekommt auch Glanzlichter?"

"Ich bin mir ziemlich sicher, dass Andy das nicht bemerkt hat." Bob hatte es nicht bemerkt.

"Sie ist wahrscheinlich eine freche Prostituierte."

"Wenn möglich".

"Willst du den ironischen Teil wissen? Bevor Andy auf seine Reise ging, beschloss ich, dass ich ihm die ganze Zeit treu bleiben würde, bis er zurückkam."

"Ist es ein Problem für dich, treu zu bleiben?" fragte er und dachte an die Jahre, seit er sie gekannt hatte.

Soweit sie sich erinnern konnte, hatte Nancy immer nur einen Freund.

Außer als Bob sie zum ersten Mal getroffen hatte.

Nancy hatte keinen Freund, als sie in ihren Schulbezirk versetzt wurde.

Sie war eine dünne Achtklässlerin mit Hosenträgern, grünem Haar, einem Gipsverband am linken Arm und keinem Freund auf der Welt.

Sie war auf den einzigen freien Platz im Schulbus gefallen, weshalb sie neben einem nerdigen Kind saß, das alle ignorierten.

Nachdem sie sich gesetzt hatte, senkte sie den Kopf, so dass ihr grünes Haar ihr Gesicht bedeckte.

Bob hätte sich um seine eigenen Angelegenheiten gekümmert, außer dass Nancy etwas in ihren Büchern suchte.

Ohne nachzudenken, half er ihr, und sie verdiente sich ein dankbares Lächeln und fühlte dann ein seltsames Gefühl in ihrem Bauch.

An diesem Tag begann eine Freundschaft, die all die Jahre andauerte, und Nancys Pech.

Während des Sommers wurden ihre Zahnspangen entfernt und ihre Haare kehrten zu ihrer natürlichen Blondine zurück.

Als sie mit der High School anfing, hatte sich Nancy in einen wunderschönen Schwan verwandelt und Bob wurde ihre beste Geek-Freundin, die immer bereit war, ihr zu helfen, während Nancy sich in wunderschöne Menschen verliebte.

"Ich glaube nicht an Fernbeziehungen", erklärte er. "Erinnerst du dich an Darry?"

Bob nickte.

Sie und Darry waren seit einem Jahr das beliebteste Paar.

"Ich habe mich von ihm getrennt, weil ich mir keine Sorgen machen wollte, was er auf dem College macht."

"Oder was du im College machen wolltest", sagte Bob.

Die Schlussfolgerung der "Hurenbühne" in seinem Satz brachte ihm ein böswilliges Lächeln und ein kleines Nicken ein.

"Treu zu bleiben ist einfacher, wenn man sich beide sehen kann." Er starrte auf das verdammte Bild von Andy.

Die Frau, wer auch immer sie war, lag auf dem Rücken und lächelte in die Kamera.

Sie hielt ihre Brüste gedrückt und umhüllte Andys Erektion.

Feuchte Tropfen spritzten auf seinen Hals und sein Kinn.

Keiner von uns musste die Quelle dieser cremeweißen Spritzer erraten.

"Vielleicht sollten wir dich betrinken und dann kann ich ein paar Bilder machen, um sie an Andy zu schicken."

Bob erblasste.

"Du sollst deinen Freunden solche Bilder schicken, nicht deinem Freund."

"Freund?", Sagte sie stirnrunzelnd, als sie zu ihrem Telefon zurückkehrte.

"Sie sollten dieses Bild löschen", schlug Bob vor.

Sie schüttelte den Kopf.

"Hör wenigstens auf, sie anzusehen."

"Ich kann nicht anders", sagte er und klang sehr traurig.

Die Art, wie ihre Haare auf ihrem Gesicht hingen, erinnerte ihn an das dünne, grünhaarige Mädchen, das er in einem Schulbus getroffen hatte.

"Zum."

Bob steckte seine Haare hinter ein Ohr, bevor er seine Hand auf das Telefon legte und das Bild versteckte.

Sie legte ihre andere Hand auf seine.

"Du weißt, dass du mein bester Freund bist, oder?"

"Und du bist mein."

Bob nahm das Telefon von ihr und füllte ihre Hände mit seinen.

Für einen langen Moment sahen sie sich mit traurigen Augen an.

Nancy war traurig über das Ende ihrer Beziehung und Bob war traurig über den Verlust seines Freundes.

"Wenn er dir wichtig ist, kannst du ihm weiterhin treu bleiben, bis er nach Hause kommt."

"Oder ich kann das tun", sagte sie, trat vor und drückte ihre Lippen gegen seine.

Und es war kein freundlicher Kuss.

KAPITEL 2

"WOW", sagte Bob und wich für einen Moment zurück, bevor er eine Linie überquerte, die Freunde niemals überquerten.

"Das fühlte sich gut an", sagte Nancy mit einem halben Lächeln.

Sie presste ihre Lippen wieder auf seine und lehnte sich an ihn, bis er zwischen ihr und der Rückseite des Sofas gefangen war.

Sie küssten sich, bis sich ihre Lippen teilten und ihre Zungen anfingen zu streicheln.

Sie küssten sich lange, bevor Nancy wegging.

Mit großen Augen tätschelte sie ihre nassen Lippen, als würde sie sicherstellen, dass sie wirklich ihr gehörten.

"Wow, du solltest nicht gut darin sein."

"Warum nicht?" Fragte Bob mit einem Hauch von Lächeln.

"Weil es so sein soll, als würde ich meinen Bruder küssen wollen, wenn ich dich küsse."

"Du hast keine Brüder".

"Du verstehst was ich meine", sagte sie immer noch überrascht. "Das dürfen wir nie wieder tun."

"Ja", stimmte er zu.

Freunde küssen sich nicht und wenn sich ihre Lippen treffen, öffnen sie ihren Mund nicht für mehr.

"Nie wieder nach dieser Zeit", sagte Nancy, legte ihre Hand hinter seinen Kopf und schob ihn für einen weiteren Kuss nach vorne.

Wieder teilten sich ihre Lippen und ihre Zungen trafen sich.

Dieser Kuss dauerte noch länger als der andere, bevor sie sich zurückzog.

"Hör auf so gut darin zu sein, du weißt, ich habe einen Freund!"

"Ein schrecklicher Freund, der dich betrügt."

"Vielleicht war es nur eine Nacht", schnaubte sie, setzte sich auf und verschränkte die Arme direkt unter ihren Brüsten.

"Oder vielleicht will Chris in dein Höschen", sagte Bob und zeigte auf einen Teil der Gleichung, den sie nicht besprochen hatten.

"Warum sagst du das?"

"Warum sollte ich das Foto sonst mit dir teilen?" Bob fragte ihn. "Es ist immer die Freundin deines Freundes vor dem heißen Baby, es sei denn, du willst das heiße Baby, und dann ist es 'Fick meinen Freund'.

"Nennst du mich heißes Baby?"

"Niemals", versprach Bob.

"Warum hast du überhaupt keine Freundin?"

Bob wurde nervös.

"Lebenssachen."

"Du bist ein großartiger Kerl. Du solltest Frauen in einer Reihe haben, die mit dir ausgehen wollen."

"Außer Mädchen wie böse Jungs und ich nicht."

"Das ist nicht wirklich wahr", beharrte Nancy, obwohl ihr Ton so schwach klang wie ihre Ablehnung. "Nun, nicht alle Frauen und nicht die ganze Zeit."

"Vielleicht kannst du ein Gerücht über mich anfangen. Du kannst deinen Freunden sagen, dass ich ein großartiger Küsser bin und dass ich einen großartigen Schwanz habe."

"Groß, aber nicht zu groß", sagte er.

"Woher weißt du das?" fragte er und ignorierte den leichtfertigen Kommentar.

Und mit einem großen Lächeln machte er ihr ein Angebot.

"Küss mich noch einmal und vielleicht zeige ich es dir."

"Es ist nicht notwendig, es wird gesehen." Nancy starrte einen Moment auf ihren Schoß, bevor sie sich zurückhielt und ihren Blick wieder auf sein Gesicht richtete. "Macht es dich hart, mich zu küssen?"

"Wie könnte ich nicht."

Nancy steckte ihre Beine unter sie und richtete sich auf.

Bobs Blick fiel auf ihre Brust und bemerkte und schätzte, wie seine neue Position ihre Brüste betonte.

"Nehmen wir an, wir küssen uns wieder und du wirst hart, wirst du es mir wirklich zeigen?"

"Ich weiß es vielleicht nicht", murmelte er und achtete darauf, ihre Titten nicht noch einmal anzusehen.

Mit einem schelmischen Lächeln fuhr Nancy mit den Fingern durch Bobs Haare.

"Was ist, wenn ich dich wirklich sehr, sehr hart gemacht habe?"

"Ich denke ...", sagte er und suchte nach der richtigen Antwort auf einen sehr falschen Gedanken.

Bob erkannte die leichte Verengung ihrer Augen über ihr verspieltes Lächeln.

Er hatte zu viele Jahre damit verbracht, sie von einem Raum aus zu beobachten, und er wusste, dass er diesem besonderen Ausdruck nicht vertrauen konnte.

Sie schaute absichtlich wieder auf seinen Schoß, bevor sie ihn wieder ansah.

"Also küssen wir uns, du wirst hart, du zeigst es mir und das war's?"

"Wenn ich hart werde, möchte ich vielleicht mehr."

"Technisch gesehen habe ich immer noch einen Freund."

"Offiziell wissen wir es nicht."

"Aber ich werde nicht aufgeben, so zu tun, als wäre ich seine Freundin, bis ich ihn wieder sehe."

"Aber ist es okay mich zu küssen und mich nackt zu sehen?" Ich frage.

"Nackt und hart", sagte sie, leckte sich die Lippen und legte die Zunge zwischen die Zähne.

"Was ist, wenn ich auch einen Orgasmus will?"

"Ich werde sehen, wie du dir eins gibst."

Bob lachte.

"Ist das auch erlaubt?"

"Nichts davon ist 'erlaubt'. Und nichts davon wird passieren, wenn du weiter darüber redest. Nimm eine Chance wahr, Bobbie. Lass es los und schau, wohin es geht, das ist alles, was ich sage."

Bob sah seinen Freund an, seinen besten Freund, eine Frau, die er länger gekannt hatte als jeder andere in seinem Leben.

Er wusste nicht, warum sie beste Freunde geblieben waren, außer dass sie sicher eine No-Nonsense-Politik zwischen ihnen aufrechterhalten hatten.

Sie waren immer füreinander da, wenn die andere Person es brauchte.

Sie hatte alle seine Freundinnen getroffen.

Er hatte alle ihre Freunde getroffen.

Er hatte ihr sogar von seinen wenigen One-Night-Stands erzählt.

Ihre Zahl war wesentlich geringer als ihre.

Er wusste, dass er sie alles fragen konnte und sie würde ihm eine ehrliche Antwort geben.

Es hatte auch immer umgekehrt funktioniert.

Trotzdem gab es nur eine Frage, die sie sich nie stellten: Warum haben sie sich nicht verabredet?

Er kannte die Gründe.

Er war nicht hübsch genug.

Er fuhr kein schickes neues Auto.

Sein Sinn für Mode ging selten über Jeans und ein T-Shirt hinaus.

Er sparte sein Geld, anstatt es für verschwenderische Geschenke oder ausgefallene Abendessen auszugeben.

Er war nicht mit einer klugen Zunge und der Fähigkeit gesegnet, mit einer einzigen gut gesprochenen Linie zu verführen.

Mädchen wie Nancy haben sich nicht mit Geeks wie ihm verabredet und er hatte nie um eine Erklärung gebeten.

Er war glücklich, sein Freund zu sein, ein wahrer Freund, einer ohne Bedingungen.

"Würden wir immer noch Freunde sein, wenn etwas passiert?"

"Vielleicht", sagte sie und zeigte das gleiche verspielte Lächeln, das sie zuvor benutzt hatte, das listige Lächeln, von dem sie wusste, dass sie ihm nicht vertrauen konnte.

Sie testete ihn und zwang ihn, weniger zu denken und mehr zu handeln.

"Ich hasse dich", sagte er, zog sie näher und drückte seine Lippen gegen ihre, nahm einen Kuss von ihr, anstatt auf einen zu reagieren, den sie initiiert hatte.

Als sich ihre Lippen teilten, wusste er, dass er etwas nicht stehlen konnte, was frei angeboten wurde.

Er entspannte sich und ließ seine Ängste los, was passieren würde, wenn ihre Lippen zusammen gehörten.

Richtig oder falsch, dies geschah und beide stimmten dem zu.

KAPITEL 3

Ein leises Stöhnen ging von Nancys Mund zu ihrem und sie spürte, wie ihre Leidenschaft zunahm.

Er streichelte ihren Rücken, ließ seine Hand über ihren Nacken gleiten und verlor seine Finger in der Mähne ihres süßen blonden Haares.

Nancy stöhnte erneut und küsste ihn wärmer, als Bob sich fragte, was er mit seiner anderen Hand anfangen sollte.

Er hielt sie sicher auf seiner Schulter und widerstand dem Drang, sie über seine Brust zu schieben und ihre Brüste zu berühren.

Er würde nicht riskieren, den Zauber zu brechen, der auf sie gefallen war.

"Wie geht es Ihnen?" murmelte sie und stellte die Frage mit ihren Lippen, die immer noch mit ihm in Kontakt waren.

"Gut", gestand er und fühlte sich verlegen, als sein Kuss auch an anderen Orten zu zaubern begann.

"Wirst du hart?"

"Warum checkst du es nicht aus?" fragte er und wand sich.

"Das ist nicht unser Geschäft", sagte er. "Küss mich einfach, erinnerst du dich?"

"Wir sollten aufhören", murmelte er und blieb in ständigem Kontakt mit ihrem Mund.

"Nein", sagte sie, legte eine Hand hinter seinen Kopf und hielt ihn in ihrem Kuss gefangen.

Ihre kleine Hand streichelte die Seite seines Gesichts und er spürte, wie sein Blut kochte.

Das war schlecht, sehr schlecht.

Freunde sollten sich nicht küssen wie diejenigen, die Liebhaber sein wollen.

Er sollte nicht hart vor ihr werden.

Sie sollten aufhören.

Er küsste sie erneut, bis er spürte, wie Nancy wegging.

Sie schaute auf ihren Schoß und fragte:

"Das gehört dir?"

"Einiges davon ist eine Socke, die ich in meine Hose gesteckt habe, bevor du hier bist."

Seine Augen weiteten sich überrascht, als er seinen Blick auf ihr Gesicht richtete.

Sie erwartete nicht seinen humorvollen Ausstieg.

"Jetzt musst du es mir zeigen, Dummkopf."

"Nein, werde ich nicht." Er blieb stehen, um ihre Süße wieder zu schmecken.

Nancy zog sich zurück.

"Aber du hast es versprochen und es ist Monate her, seit ich einen im wirklichen Leben gesehen habe."

"Küss mich und ich werde", sagte er und glaubte zu lügen.

Sie sah ihn maßvoll an, bevor sie ihn erneut küsste.

Sie nahm ihre Hand von seiner Schulter und legte sie zwischen ihre Beine.

Er wusste, was sie erwartete.

Bob nahm die große Ausbuchtung in seine Jeans, um mehr Aufmerksamkeit zu erregen, und rang mit der Frage nach richtig oder falsch.

Jeder Teil von ihm wollte vorwärts gehen, außer dass sich die Dinge zwischen ihnen für immer ändern würden, wenn er es tat.

Sie konnten niemals zu dem zurückkehren, was sie gewesen waren.

Dies könnte eine Freundschaft brechen, die ein Jahrzehnt gedauert hatte.

Er würde nicht.

Es sollte nicht.

Nur dass die Leidenschaft die Argumente der Vernunft nicht erkennt.

Er knöpfte den Knopf über seiner Jeans auf.

"Tu es", murmelte sie. "Zeig es mir."

Sah sie aus?

Küsste er mit offenen Augen, schaute an ihrer Wange vorbei und sah auf ihre Hand?

"Das ist schade", machte sie sich Sorgen, ohne etwas zu sagen, stocherte in die Öffnung seiner Boxer und zog seine Erektion heraus, um sie der ganzen Welt zugänglich zu machen, obwohl seine Welt nur sie umfasste.

Nancy brach ihren Kuss ab und betrachtete die lange, harte Männlichkeit in ihrer Hand.

Sie grinste von Ohr zu Ohr, hatte große Augen und die Art von Ausdruck, für die man sich reservieren würde, wenn sie unerwartet in einem 24-Stunden-Laden auf einen Lieblingsstar stieß.

"Jetzt hast du sie gesehen", sagte er sofort verlegen und bereute seine Entscheidung.

Er fing wieder an, es für sie wegzulegen.

"Aber ich möchte auch, dass sie herunterkommt", beharrte sie, zog fest an seinem Arm und hinderte ihn daran, sich zu bedecken.

"Pervers", neckte er spielerisch.

"Damit?" sie fragte und lachte mit ihm.

Nancy schlang beide Arme um Bobs Arm und drückte ihn gegen ihren Körper, als er sich bemühte, seine Hose zu erneuern.

Bob fand es einfacher, sich mit einer Hand auszuziehen, als das Gegenteil zu tun.

Es gelang ihm, seine Erektion in das Revers seiner Unterwäsche zu stecken und sonst nichts.

Lächelnd sahen sie sich an, erkannten an, dass sie albern waren und es genossen.

"Du solltest mich wieder küssen."

"Du willst mich nur wieder nackt sehen."

"Wahrscheinlich", gab er zu und presste seine Lippen wieder zusammen.

Als sie sich küssten, zog sie seine Hose auf.

"Was tun Sie?" fragte er und hielt seine Lippen dicht an ihren.

"Ich möchte sie wiedersehen."

"Nein", sagte Bob, obwohl er seinen Zug nicht aufhielt.

"Ja", beharrte sie und zog ihre Jeans bis in die Mitte ihres Hinterns.

Sie hakte ihren Daumen in den Hosenbund seiner Boxer und zwang sie ebenfalls nach unten.

"Nancy, bitte", bettelte er, bereit zu helfen oder sie aufzuhalten. "Wir können nicht".

Sie zog sich von seinem Kuss zurück, sah ihm direkt in die Augen und sprach eine sehr einfache Wahrheit:

"Nein, wir sollten nicht, aber nichts sagt, dass wir nicht können."

KAPITEL 4

Bob blinzelte heftig und versuchte, den Fehler in seiner Argumentation zu finden.

Sein schneller und sehr analytischer Verstand gab ihm nur einen Grund.

"Du bist mir wichtiger als ein Orgasmus."

"Ich fühle das gleiche." Sie arbeitete mit ihrer Unterwäsche, um sie zu senken. "Also das ist in Ordnung."

"Weil wir Freunde sind?" fragte er und bedeckte ihre Nacktheit mit beiden Händen.

"Weil unsere Freundschaft so etwas nicht in die Quere kommen lässt", sagte er und schob eine seiner Hände weg. "Jetzt gib mir eine gute Show."

Bevor Bob Einwände erheben konnte, drückte sie ihren Mund gegen seinen und ließ ihm keine andere Wahl, als zu stöhnen.

Wenn er sich beschwerte, schien es ihr nichts auszumachen.

Nancys Küsse waren tiefer und leidenschaftlicher als je zuvor.

Sein geschwollener Schwanz sehnte sich nach Aufmerksamkeit.

Warum sollten Sie Ihren Wünschen nicht nachgeben?

Wenn sie das wollte, warum sollte sie es dann nicht befolgen?

Wem beraubte er eine gute Zeit?

Er rieb sich mehrmals die Erektion, Nancy stöhnte und wusste, dass sie zusah.

"Bitte hör nicht auf", sagte sie und brach seinen Kuss, um einen besseren Blick zu bekommen.

"Ich werde nicht, außer ich habe ein Problem." Sie sah ihn verwirrt an. "Ich bin Rechtshänder", erklärte er und zog den Arm, den er immer noch an seinem Körper hielt.

"Entschuldigung", murmelte er und legte einen Arm um ihre Schultern, als sie sah, wie er seinen langen, harten Schwanz streichelte.

Er fühlte ihre Brüste an seinem Arm und das schürte sein Bedürfnis.

Für einige Momente sah er zu, bevor er sagte: "Das ist sehr sexy."

Sie küsste ihn erneut, nicht so lange, aber genauso tief.

"Ich habe noch nie einen Jungen gesehen, der es ihm angetan hat."

"Sie haben mich auch noch nie gesehen", gestand er und fühlte sich fehl am Platz, als würde er zu viele Tabus gleichzeitig brechen.

"Du wirst nicht aufhören, oder?"

"Ich habe nicht darüber nachgedacht." Die Idee, vor dem Orgasmus anzuhalten, war ihr nie gekommen.

"Gut, weil ich es sehen will. Ich will sehen, dass du einen Orgasmus hast."

"Das ist verrückt", murmelte er.

"Aber es macht Spaß, nicht wahr?" sie fragte und streichelte seinen nackten Oberschenkel.

"Sie können helfen, wenn Sie wollen."

"Nein, ich will nur zuschauen", sagte er, obwohl er seine Hand auf ihrem Oberschenkel hielt.

Wusste sie, dass es half?

"Können wir noch mehr küssen?"

Sie beugte sich vor und küsste ihn erneut.

Bob lehnte sich zurück, entspannte sich und verschmolz mit seinem Kuss.

Verdammt, ihre Lippen fühlten sich so gut an.

Er streichelte seinen harten Schwanz schneller und genoss den Moment.

Sie unterbrach seinen Kuss für einen weiteren langen Blick, bevor sie ihre Lippen wieder auf seine legte.

"Ich liebe es, wie du mich küsst", stöhnte er, als sie zurückblickte.

Sie hob ihren Kopf von der Rückseite ihrer Couch und kuschelte sich an seinen Nacken.

"Du riechst so süß."

"Das ist Haarspülung", sagte sie und gab ihm einen weiteren Kuss, obwohl es diesmal nur ein Kuss war.

"Es ist mir egal, trotzdem mag ich ihn. Ich habe ihn immer gemocht."

Nancy sah überrascht aus.

"Wirklich?"

Er nickte und kämpfte gegen das Gefühl an, zu viel preiszugeben.

Nancy war immer unerreichbar gewesen, zu hübsch und sozial gut vernetzt, unmöglich für jemanden wie ihn.

So sehr Bob sie bedauerte, wusste er, dass ihre Freundschaft alles war, was er haben würde.

Mädchen wie Nancy haben sich nicht mit geekigen Typen wie ihm verabredet.

"Ich komme näher", stöhnte er, zog an der Unterseite seines Hemdes und legte seinen Bauch frei.

"Hm, ich liebe deinen Bauch", sagte er und streichelte ihr neu gefundenes Fleisch.

"Besonders dieser Teil." Er kitzelte den Haaransatz, der von ihrem Nabel herunterlief, bis er ihr Schamhaar erreichte. "Du trainierst, richtig?"

"Etwas", stöhnte er und näherte sich dieser zerklüfteten Kante ohne Wiederkehr.

Es war keine Gymnastikratte.

Sein Training bestand aus fünfzig Kniebeugen und fünfzig Liegestützen jeden Morgen und lief jeden zweiten Tag ein paar Meilen.

Er wusste, dass er niemals der muskulöse Adonis sein würde, den sie verdient hatte.

"Tu es", schnurrte sie und küsste ihn kurz. "Ich will es sehen."

Bob wurde in einen Wirbelsturm hineingefegt, der von Lust, aufgestautem Bedürfnis, unausgesprochenen Wünschen und dem Glück angetrieben wurde, dass auch sein bester Freund glücklich zu sein schien.

Er ergab sich der Magie des Augenblicks und holte tief Luft, bevor seine Freilassung begann.

Sein Schwanz explodierte vor Freude am Loslassen, schoss und sprühte ein langes, dickes Stück seines heißen weißen Spermas länger als erwartet.

Sein Sperma spritzte dann auf sein zerknittertes Hemd und landete auf seiner Brust.

Jede nächste Knospe folgte demselben Weg mit demselben Ausmaß, bis eine lange Linie milchig weißer Nässe von seiner Brust zum Kopf seines harten Schwanzes führte.

"Oh Scheiße, das ist sexy!" Nancy quietschte und hüpfte vor Freude. "Das könnte das sexieste sein, was ich je gesehen habe! Danke!"

Sie begann sein Gesicht mit weiteren Küssen in schneller Folge zu bespritzen, so viele, dass es beiden Spaß machte.

"Also hat das Spaß gemacht?" fragte er und verstand absichtlich ihre Reaktion.

"Das war unglaublich!" sie quietschte, bevor sie etwas tat, was er nicht erwartet hatte.

Er nahm eine Handvoll Sperma aus ihrem Bauch und steckte es in ihren Mund.

"Und es ist auch lecker."

"Versuchst du mich dazu zu bringen, es ein zweites Mal zu tun?"

„Machst du Witze?“ Er lachte, hob Sperma mit einem anderen Finger auf und fütterte es. "Siehst du? Es ist köstlich, nicht wahr?"

"Wow", sagte er mit einem überraschten Blick. "Also das ist einfach passiert."

"Was? Hast du dich nie bewährt?" fragte sie und fuhr mit dem Finger durch eine Spermapfütze, als würde sie mit den Fingern malen.

"Sie machen?"

"Ich mache es die ganze Zeit", sagte er lachend. "Aber ich mag die Jungs besser, sie wissen es besser." Er leckte sich den Finger, bevor er zurückkam, um mehr zu holen.

"Kann ich mich jetzt anziehen?"

"Vielleicht", sagte sie, obwohl sie sich nicht von ihm zurückzog.

Stattdessen drückte sie ihn gegen die Couch, während sie mit dem Durcheinander in seinem Bauch spielte und seine Männlichkeit ansah.

"Hat dir jemals jemand gesagt, dass du einen großen Schwanz hast?"

"Nicht dass ich mich erinnern könnte."

"Nun, du hast es und es ist auch großartig."

"Groß, aber nicht zu groß", sagte er und wiederholte seine Worte von früher.

Er entschuldigte sich.

Augenblicke später kam er sauber zurück und trug ein neues Hemd.

Er ließ sich neben sie auf die Couch fallen und sie tauschten ein unsicheres Lächeln aus.

"Wir sind in Ordnung?"

Sie nickte.

"Immer noch beste Freunde, ich muss trotzdem gehen."

"Wegen dem, was gerade passiert ist?"

"Nein, weil ich morgens arbeiten muss und es spät wird", sagte sie und strich mit ihren Lippen über seine, bevor sie aufstand. "Und ich muss vielleicht ein bisschen Spaß alleine haben."

"Du hast dich aufgewärmt", sagte er und folgte ihr zur Tür.

"Wahrscheinlich", gab sie zu und hielt inne, um ihn von oben bis unten anzusehen, bevor sie die Tür öffnete und ging.

KAPITEL 5

Nancy schlug ein Mittagessen in einem Fast-Food-Laden vor.

Bob gab zu, dass er sein Lieblingsnahrungsmittel genannt hatte.

Sie begrüßte ihn an der Tür mit einem breiten Lächeln, das er nicht erwartet hatte.

"Es tut mir leid", sagte sie, nachdem sie ihn von oben bis unten angesehen und ihm einen höflichen Kuss auf die Wange gegeben hatte. "Ich habe letzte Nacht darüber nachgedacht."

"Geht es uns noch gut?" Ich frage.

"Natürlich", sagte sie. "Du kannst mich aber nie wieder küssen. Du bist gefährlich."

"Mich?" spottete er lachend. "Du hast angefangen!"

"Vielleicht", erlaubte sie und machte eine Pause, um ihre Anfrage zu stellen.

Sie nahmen Tassen, besuchten die Getränkestation und setzten sich an einen Tisch, der von allen anderen entfernt war.

"Ist es okay, wenn wir noch über Andy reden?"

"Was auch immer du willst", versicherte er ihr.

"Glaubst du, es ist falsch, dass ich ihn immer noch vermisse?"

"Nicht wirklich." Er zuckte mit den Schultern. "Du bist seit fast einem Jahr bei ihm. Ich denke, du solltest ihn vermissen."

"Aber er betrügt mich", sagte sie und spielte ihre Rolle als Schlimmeres aus.

"Es hätte ein One-Night-Stand sein können."

"Und wenn es nicht so wäre?"

"Was wäre, wenn es so wäre?" fragte er und spielte Devil's Advocate für sie.

Sie hörten auf zu reden, als ein Angestellter ihr Essen lieferte.

"Fühlst du dich wegen der letzten Nacht schuldig?"

"Warum? Nichts ist passiert. Ich meine, nicht wirklich, verstehst du?"

Bob nickte.

Aber so war es für ihn nicht.

"Wir haben nichts getan", beharrte Nancy. "Ich meine, klar, wir küssen uns, aber was nun?"

"Glaubst du, Andy würde das gutheißen?"

"Fick dich", beschwerte sich Nancy. "Ich habe dich nicht geküsst wegen dem, was Andy tut." Er nahm eine Kleinigkeit zu essen. "Und ich bin froh, dass ich dich geküsst habe. Du bist ein erstaunlicher Küsser."

"Stellen Sie sicher, dass Sie es Ihren Freunden erzählen", scherzte Bob.

"Kann ich dir auch den Rest erzählen?" Fragte Nancy und zeigte wieder ein Lächeln.

"Vielleicht möchten Sie diesen Teil für sich selbst speichern."

"Bereust du es?"

"Es fühlt sich komisch an zu wissen, dass du mich so gesehen hast."

"Es hat mir gefallen", beharrte sie mit einem spielerischen Schimmer in den Augen. "Ich möchte es wieder tun."

"Außer du hast einen Freund."

"Ich kann immer noch zuschauen, oder?"

"Ich denke", sagte Bob lachend.

"Was wäre, wenn ich mehr als nur zuschauen wollte?"

"Verlockend, außer dass du noch einen Freund hast."

Nancy legte den Kopf schief und dachte einen langen Moment darüber nach, bevor sie ihren leeren Teller wegschob.

"Siehst du? Genau dort, deshalb liebe ich dich so sehr."

"Weil ich weiß, dass du einen Freund hast?"

"Weil dir das etwas bedeutet."

"Testen Sie diese Theorie nur nicht zu sehr", warnte er und meinte es ernst.

"Ich soll heute Abend ein paar Freunde von der Arbeit treffen, um etwas zu trinken. Würdest du mit mir kommen?"

"Klingt so, als würdest du mich fragen", sagte Bob.

"Eigentlich hoffe ich, dass du mich vor Chris beschützt. Verdammt, er ärgert sich. Er hat mich verfolgt, seit Andy gegangen ist und es wird nur noch schlimmer."

"Er bricht wirklich den Freundescode."

Bob kam ein nerviger Gedanke, den er für sich behalten wollte, außer dass er es nicht konnte.

"Was wäre, wenn Chris bereits dieses Bild von Andy auf seinem Handy hätte? Was wäre, wenn es von vor Andy gekommen wäre, dich zu treffen?"

"Fick nicht rum!" Sagte Nancy, holte ihr Handy heraus und öffnete das verdammte Bild noch einmal.

Er breitete das Bild aus und studierte seine Details.

Leider gab es außer Andy, seinem Date und dem Bett nicht viele Details zu sehen.

"Ich habe es satt, mir dieses Foto anzusehen", beschwerte er sich.

Schließlich hörte sie auf zu hinterfragen und sah siegreich aus, als sie auf die Mappe auf dem Nachttisch zeigte.

"Das ist derselbe Ordner, den sie mir gegeben haben, als ich letztes Jahr dieses Training gemacht habe."

"Also denke ich, es ist wahr", sagte Bob und fühlte sich schlecht für seinen Freund, als er sah, wie Enttäuschung das Vergnügen seines Entdeckungsblitzes ersetzte. "Entschuldigung. Ich hätte nicht darauf hinweisen sollen."

"Nein, es ist okay", sagte er und betrachtete das ganze Bild erneut. "Du hast versucht Andy zu verteidigen, ihn nicht unter den Bus zu werfen."

"Ja, ich bin einfach so dumm."

"Es ist nicht dumm, es heißt Freund sein. Ich würde dich küssen, außer ..." Sie verstummte und beendete ihren Vorschlag nicht.

"Außer du hast einen Freund."

"Eigentlich wollte ich sagen: außer vielleicht will ich nicht aufhören."

"Und du hast einen Freund", beharrte Bob.

"Nur noch ein paar Wochen", sagte er und steckte sein Handy weg. "Also kommst du heute Abend mit mir trinken?"

"Vertraust du mir genug dafür?"

Sie lachte.

"Und du vertraust mir? Vielleicht möchte ich dich wieder nackt sehen."

"Du willst mich nerven."

"Vielleicht", sagte er mit einem spielerischen Augenzwinkern. Bob wünschte, er könnte verstehen, was dieses Augenzwinkern bedeutete. Spielte er Spiele oder flirtete er?

KAPITEL 6

Aus Gründen des Aussehens fuhr Bob zu den Räumlichkeiten, ohne anzubieten, Nancy für sie abzuholen.

Sie waren Freunde und nichts weiter, aber andere Menschen hatten Schwierigkeiten, den Unterschied zu verstehen.

Aus dem gleichen Grund war Bob etwas spät dran.

Als er durch die Räumlichkeiten ging, beobachtete er die Szene.

Freunde von Nancys Arbeitsplatz besetzten den zentralen Raum um die Bar.

Er sah Gesichter, die er aus ähnlichen Begegnungen erkannte.

Er lächelte auch zurück zu Leuten, die ihn vage erkannten.

Er sah Any und Julia in einer Kabine sitzen und wusste, dass Nancy nicht weit von ihren beiden Freunden entfernt sein würde.

"Bob!" Jeder kreischte, sobald sie es sah.

Sie sprang aus der Kabine und umarmte ihn bärig.

"Nancy sagte, du wärst hier."

"Ich bin, aber wo ist sie?" Fragte er und tauschte Umarmungen und Luftküsse mit beiden Frauen aus.

"An der Bar neben Chris", sagte Julia. "Er arbeitet hart daran."

"Also habe ich zugehört", sagte Bob. "Sie hat mich gebeten, ihren Schwanz zu blockieren."

"Du bist so eine gute Freundin", sagte Any mit einem Ausdruck der Bewunderung in ihren Augen. "Wir haben es selbst versucht, aber Chris schlägt uns einfach aus."

"Ich glaube, er hat ihr ein weiteres Foto gezeigt", bot Julia an.

"Das verstehe ich nicht. Warum?" Jeder sagte.

"Oh, sie sind Jungs. Sie waren in der gleichen Bruderschaft im College, also sind sie nah dran."

"Ich denke", gab Bob zu und erkannte, dass Julia sich auf eine Welt bezog, die sie nie verstanden hatte.

Er akzeptierte seinen Platz im Leben als Geek, umgeben von meist geekigen Freunden.

Einmal hatte Nancy ihn bei seiner Arbeit zu einer Party begleitet und über den Anblick so vieler dünner Menschen mit Brille in einem Raum gelacht.

Bob näherte sich zusammen mit seinem Freund der Bar.

"Hallo", sagte er.

Er nickte Chris zu.

"Hallo hübscher!" Nancy brachte ein breites Lächeln zustande, bevor sie ihre Wange küsste.

Über seine Schulter sah er, wie Chris ihn bewertete, ohne genügend Informationen zu erhalten, um zu einer gültigen Schlussfolgerung zu gelangen.

"Julia sitzt in einer Kabine", sagte Nancy, ergriff seine Hand und zog ihn weg.

Als sie außer Hörweite von Chris waren, erklärte sie:

"Ich habe Chris gesagt, dass ich auf dich warte, damit ich gehen kann, ohne dass er verärgert ist."

KAPITEL 7

Sie verbrachten eine Stunde damit zu trinken und zu lachen, besonders über das wachsame Auge, das Chris auf das Quartett richtete.

Bob hatte eine gute Zeit, trank ein Bier und machte es zuletzt.

Weder Nancy noch Julia zeigten die gleiche Zurückhaltung.

"Ich nehme an, Sie sind der designierte Fahrer?" Bob fragte Any.

"Ja", sagte er mit einem Seufzer.

Als Julia betrunken wurde, interessierte sie sich mehr für Bob.

Es war ein Muster, das er bereits vor dieser Nacht wiederholt hatte.

"Du bist so süß", sagte sie und baumelte an seinem Arm.

Bob bat Nancy um Hilfe.

Obwohl Julia hübsch war, war sie anhänglich und ein bisschen doof, zwei Eigenschaften, die sie abschreckten.

"Du denkst?" Nancy warf sich auf. "Und er ist auch ein großartiger Küsser."

"Ich dachte ihr zwei seid nur Freunde?" Fragte Julia verwirrt.

"Beste Freunde", sagte Nancy. "Du hast Glück, dass ich schon einen Freund habe."

"Ein Freund?", Sagte jemand und öffnete die Augen. "Hat Chris dir noch ein Foto gezeigt?"

"Er hat mir viele Fotos gezeigt. Anscheinend hat er eine ganze Sammlung, die Andy ihm von anderen Frauen geschickt hat."

"Was für ein Perverser!" Jeder sagte und wiederholte die Meinungen aller anderen am Tisch.

"Verdammt Burschen", fügte Julia hinzu, bevor die drei Frauen wütend darüber waren, wie fast alle Jungen Idioten waren und ihrer nicht würdig.

"Sehen Sie, was passiert, wenn Sie unser Mädchen nicht respektieren?" Jeder fragte Bob.

"Das würde ich niemals tun", sagte er verwirrt. "Außerdem sind wir nur Freunde."

"Uh-huh", sagte Julia und öffnete ihre Augen. "Freunde, die sich küssen."

Trotz der Anti-Mann-Tirade, die sie gerade beendet hatten, näherte er sich erneut mit Bob.

"Ich möchte dein Freund sein."

"Und er hat einen großen Schwanz", bot Nancy an.

Ihre Freunde jubelten dieser Menge an Informationen mit Schreien und Heulen zu, die von Alkohol angeheizt wurden.

"Soll ich dich fragen, woher es das weiß?" Fragte Julia.

"Wahrscheinlich nicht", sagte Bob und fühlte sich mit der Richtung des Gesprächs sehr unwohl.

"Er hat es mir gezeigt", verkündete Nancy und zog die überraschten Blicke ihrer Freunde an. "Nichts ist passiert. Nun, nicht wirklich."

"Mein Gott, sie errötet!" Jeder schrie und zeigte auf Bobs Situation.

"Okay, ich möchte Details", forderte Julia.

Bob sah Nancy an.

Er hatte sie dazu gebracht, er konnte sie auch herausholen.

Nur dass Nancy nicht daran interessiert war.

"Mach weiter, sag es ihnen."

Mit großen Augen schüttelte Bob den Kopf.

In keiner Weise konnte er erklären, was passiert war.

"Gut", sagte sie und trank ihr Bier aus.

Seine Geschichte war eine offensichtliche Lüge.

"Wir haben uns eines Nachts wirklich betrunken, er hat eine Wette verloren und ich habe ihn dazu gebracht, es mir zu zeigen."

"War es schwer?" Jeder fragte.

"Ist es wirklich groß?" Wollte Julia wissen.

"Groß, aber nicht zu groß", sagte Nancy lachend. "Ja hübsch".

"Niedlich?" Fragte Bob, nicht sicher, ob es ein gutes Wort war, den Schwanz eines Mannes zu beschreiben.

"Ja, das ist es", beharrte sie. "Du solltest dich aber rasieren lassen."

"Ich liebe es, wenn sich dort ein Mann rasiert", sagte Any und akzeptierte Nancys Lüge ohne zu zögern.

"Ich auch", stimmte Julia zu. "Warum sollten sie erwarten, dass wir uns dort rasieren, wenn sie es nicht auch tun?"

"Ich werde das beim nächsten Mal im Hinterkopf behalten", sagte Bob und machte sich eine mentale Notiz darüber, wann eine neue Beziehung begann.

"Kann ich sehen, dass du es tust?" Fragte Nancy.

Bob spielte weiter.

"Versicherung."

"Könnten Sie einen Freund mitbringen?"

"Je mehr desto besser", sagte er.

Sicher scherzte sie.

"Ich konnte nicht gehen. Ich habe einen Freund", beschwerte sich jeder.

"Ich auch", sagte Nancy.

"Außer, dass sie einen echten Freund hat", sagte Julia.

Bob versuchte das Spiel zu beenden, indem er verkündete: "Ich rasiere mich heute Abend dort nicht."

"Wie wäre es, wenn ich es mache?" Bot Julia an. "Ich war früher Friseur, also bin ich wirklich gut mit Rasierapparaten und Rasierapparaten."

"Und ich werde es nicht zulassen, dass ein betrunkenes Mädchen es tut", beharrte er.

"Gut, dann sehen wir nur, wie du es tust", sagte Nancy und verdrehte ihre Worte.

Sie bat ihre Freundin um eine Entscheidung.

"Ihm beim Rasieren zuzusehen ist nicht dasselbe wie zu schummeln, oder?"

"Es ist nicht vergleichbar mit dem, was Andy heute Abend wahrscheinlich tun wird", sagte Any.

"Autsch", sagte Bob und bemerkte, dass Nancy ein Gesicht machte.

Sein Herz war bei ihr.

Sie hatte jemanden verdient, der viel besser war als Andy (oder Chris).

"Es tut mir so leid", sagte Any schnell und entschuldigte sich bei ihrer Freundin.

Nancy zuckte die Achseln, bevor sie den Rest ihres Bieres in den Hals warf.

Er gab ein langes, lautes Rülpsen von sich, gefolgt von einem sehr zufriedenen Lächeln.

"Jemand bestellt mir noch einen Drink."

Er stand auf und ging ins Badezimmer.

Julia und Any folgten ihr.

KAPITEL 8

Bob bestellte Bier für zwei der drei Mädchen und schaute auf sein Handy.

Er sah auf und sah Chris vor dem Tisch stehen.

"Du weißt, dass du keine Chance mit ihr hast?" Fragte Chris.

"Es tut uns leid?" Fragte Bob verwirrt zurück.

"Du weißt wer ich meine", war Chris wütend. "Er mag keine Geeks oder Monster."

"Wir sind nur Freunde", antwortete Bob und nahm an, dass Chris sich auf Nancy bezog.

"Behalte es so", sagte Chris, bevor er zu seinem Platz an der Bar zurückkehrte.

Bob hatte einige Momente Zeit, um über Chris 'Worte nachzudenken.

Er hatte sich nie Sorgen gemacht, gemobbt oder gemobbt zu werden.

Als die Mädchen zurückkamen, setzten sich nur zwei der drei wieder.

"Es ist etwas passiert", sagte jeder und stand am Ende des Tisches. "Glaubst du, du kannst sie nach Hause bringen?"

"Sicher kannst du", sagte Nancy und antwortete für ihn. "Es macht dir nichts aus, oder?"

Bob hatte das Gefühl, manipuliert zu werden, gab aber die gleiche Antwort, die er gegeben hätte, ohne zu ahnen, dass etwas anderes vor sich ging.

"Mir egal".

"Danke", sagte jeder, beugte sich vor und küsste ihn auf die Wange.

"Gut sein!" Sagte sie bevor sie ging.

"Wirst du nicht noch etwas trinken?" Julia fragte ihn.

"Nein ja, da ich fahren werde."

"Bob hat Angst, zu viel zu trinken, weil er ohnmächtig werden könnte", sagte Nancy und gab einen weiteren Grund an, warum er mit Alkohol vorsichtig sein sollte.

"Das ist nur einmal passiert", erinnerte er sie.

"Ich weiß, aber ich versichere dir, es hat Spaß gemacht."

"War das die Zeit, als du ihn nackt gesehen hast?" Fragte Julia und lehnte sich zurück auf Bob.

"Uh-huh", bestätigte Nancy mit einem Lächeln, das so groß und entzückt war, dass Bob sich fragte, ob seine frühere Lüge wahr gewesen war.

Als der Angestellte für eine weitere Getränkebestellung zurückkam, lehnte Julia ihn ab.

"Aber es ist noch früh."

"Ich habe Alkohol in meinem Haus", sagte Julia, bevor sie ein breites Lächeln zeigte. "Und alle meine Haarschneidewerkzeuge."

"Wir sollten gehen", beharrte Nancy mit einem großen Lächeln.

Bob nahm an, dass alles vorbereitet war.

Anstatt zu protestieren oder zu streiten, spielte er seine Karten aus.

Er ging voran zu seinem Auto.

"Das ist deins?" Fragte Julia und staunte über die leuchtend rote Antiquität, die unter den Lichtern des Parkplatzes leuchtete.

"Ja", versicherte Bob ihr und öffnete die Beifahrertür seines klassischen Mustangs.

Er machte sich nicht die Mühe zu erklären, dass es wie eine Investition war, ein Auto, das er fahren konnte, ohne an Wert zu verlieren.

Nancy setzte sich auf den Rücksitz und erlaubte Julia, vorne zu sitzen.

Als Bob neben ihm saß, bemerkte er, dass Chris vor dem Raum stand.

Bob lächelte und winkte.

KAPITEL 9

Julia lebte in der Nähe, redete aber die ganze Zeit, bis sie ankamen.

Weder Bob noch Nancy konnten in ihrem Monolog ein einziges Wort sagen.

Er parkte vor seiner Wohnung im Stadthausstil und folgte den Mädchen hinein.

"Ich kann nicht glauben, dass wir das wirklich tun werden", sagte Julia, als sie an ihrem Schloss herumfummelte.

"Das gleiche hier ...", sagte Bob und sah Nancy stirnrunzelnd an.

"Komm schon, es wird Spaß machen", sagte Nancy und sah aufgeregt aus.

Julias Wohnung passte zu ihrer fröhlichen Stimmung.

Zu seinen Möbeln gehörten große Blumendrucke.

Pink und Deep Pink waren eindeutig ihre Lieblingsakzentfarben.

Während er ein paar Getränke mischte, flüsterte Bob Nancy zu:

"Hier fehlen nur ein Dutzend Katzen."

Bob nahm einen Schluck von seinem Getränk, bewies, dass es sich hauptsächlich um Alkohol handelte, und legte es beiseite.

Nancy wies darauf hin, dass die Untersetzer Katzenspuren enthielten.

"Ich sollte meine Sachen holen", sagte Julia aufgeregt und rannte die Treppe hinauf.

"Auf keinen Fall werde ich das tun", sagte Bob zu Nancy.

"Nicht einmal für mich?" fragte sie und kuschelte sich neben ihn auf die Couch.

Sie drückte ihre Brust gegen seinen Arm und rieb ihren Oberschenkel.

"Sind Sie im Ernst?" Fragte Bob überrascht von ihrer Stumpfheit. "Wie betrunken bist du?"

"Betrunken genug", sagte sie, drehte ihr Gesicht zu seinem und gab ihm einen kurzen Kuss.

"Nancy, bitte", bettelte Bob und wand sich unbehaglich.

"Komm schon", beharrte sie und gab ihm einen weiteren Kuss, als sie versuchte, seine Hose aufzuknöpfen.

"Wirklich?" fragte er fassungslos über ihre Vorfreude. "Du hast keinen Freund?"

"Nichts wird passieren. Nicht wirklich." Sie gab ihm einen weiteren Kuss. "Ich will nur angeben."

"Vielleicht will ich nicht prahlen", sagte Bob und fragte sich, was Julia so lange dort oben brauchte.

Sollte ich sie jetzt nicht unterbrechen?

"Bitte, welcher Kerl will sich nicht mit zwei Mädchen ausziehen und sehen, was passiert?"

"Wirst du dich auch ausziehen?"

"Vielleicht", schlug Nancy vor und drückte ihre Brüste gegen seinen Arm.

Bob spürte, wie seine Willenskraft nachließ.

"Kann ich jetzt runter kommen?" Rief Julia von der Treppe und unterbrach den Moment.

"Idiot", murmelte Nancy.

Bob kicherte.

"Du könntest auch deine Erleichterung verbergen", sagte Nancy und trat von Bob zurück.

Leise sagte sie zu ihm: "Du bist noch nicht aus dem Wald."

Mit einer rosa Tasche mit baumelnden Schnüren sah Julia verwirrt aus.

"Aber er ist nicht nackt."

"Ja, ich frage mich warum ...". Nancy seufzte. "Es ist fast so, als hätte uns jemand unterbrochen."

Julia sah eher verwirrt als traurig aus, dass sie ihren Plan nicht funktionieren ließ.

"Du bist schüchtern?" Sie hat ihn gefragt.

"So etwas", sagte er.

Julia bat Nancy um Hilfe, fand keine und nahm die Sache selbst in die Hand.

Sie stellte ihre Handtasche ab und setzte sich auf Bobs Beine, die sich auf ihre Knie stützten.

"Du gehst nicht hierher, bis wir eine Untersuchung beendet haben."

"Ich werde nicht zulassen, dass ein betrunkenes Mädchen mit scharfen Instrumenten auf mich zukommt", erklärte er.

"Erstens bin ich nicht so betrunken. Und zweitens, wenn ich nüchtern wäre, würde ich das nicht tun."

"Du solltest ihn küssen", schlug Nancy vor. "Er ist ein sehr guter Küsser."

Julia nahm Bobs Gesicht und prüfte Nancys Vorschlag.

Seine Küsse fühlten sich gut an, aber sie waren nicht so überraschend wie Nancys Küsse.

Julias Küsse fühlten sich im Vergleich schlampig an.

Bob stellte sich ein und küsste sie zurück, ohne seine Zunge anzubieten.

Zu wissen, dass Nancy ihn ansah, war ihm peinlich.

"Wieso errötest du?" Fragte Julia und bemerkte ihr rotes Gesicht, als sie wegging.

"Ich weiß nicht", murmelte er.

"Es ist aufregend zu sehen, wie du ihn küsst", sagte Nancy und grinste breit. "Mach es nochmal."

Julia nahm einen weiteren Kuss von ihm.

Während sie sich küssten, führte Nancy eine von Bobs Händen zu Julias Brust.

Julia stöhnte und sein Kuss vertiefte sich, sobald seine Hand auf ihrer Brust landete.

"Mm, heiß", schnurrte Nancy und drückte sich wieder gegen Bobs Arm.

Als Julia sich zurückzog, drehte Nancy Bobs Kopf und nahm einen weiteren Kuss für sie.

Er küsste Nancy, als er Julia tastete und ihr Kopf herumwirbelte.

Er fühlte sich betrunken, ohne zu trinken, während sein Körper die Emotionen dieser beiden Frauen schätzte, die ihn küssten.

"Jemand wird hart", verkündete Julia und wand sich gegen die Ausbuchtung, die in ihrer Hose wuchs.

"Ich will sehen", sagte Nancy und sah auf Bobs Körper.

"Ich auch", sagte Julia und beugte sich zu einem weiteren Kuss vor.

Während ihre Lippen beschäftigt waren, waren auch ihre Hände beschäftigt.

Sie knöpfte die Vorderseite ihrer Hose auf, als Bob ihre Brust erkundete.

Er griff in ihr Hemd, fand die Haken an ihrem BH und öffnete sie geschickt.

Als ihre Hände zu ihrer Stirn zurückkehrten, griff er unter ihren losen BH und umfasste ihre nackten Brüste.

Sie fand steife Brustwarzen und gab sofort nach.

Julia riss ihre Hose auf und von den Hüften.

"Hilf mir", sagte er zu Nancy und küsste Bob sofort wieder.

Als sich ihre Zungen trafen, spürte er, wie Nancy an seiner Hose zog, bis sie nichts mehr hatte.

Julia brach ihren Kuss wieder ab, diesmal damit er sein Hemd über den Kopf ziehen und ihn nackt und hart zurücklassen konnte.

"Oh wow", sagte sie, trat zwischen sie und schlang ihre Hand um seinen harten Schwanz.

"Sehen Sie? Groß, ohne zu groß zu sein", sagte Nancy, zurück auf der Couch und beobachtete das Geschehen.

Julia hielt ihre Hände zwischen ihren Beinen und berührte und streichelte Bobs Härte, als sie sich küssten.

Bob schob ihre Bluse weg und hoffte, sie entfernen zu können, damit er nicht der einzige war, der nackt war.

"Nein", sagte Julia und schob ihre Hände weg. "Nur du."

"Nun, das ist unfair", sagte Bob und sah Nancy um Hilfe an, die er nicht bekam.

"Warum nicht? Was ist falsch daran, für uns nackt zu sein?"

"Es ist peinlich", sagte Bob frustriert und fühlte sich sehr verletzlich.

"Ich mag es", beharrte Nancy.

"Ich auch", bot Julia an, rutschte von seinem Schoß und nahm ihr Getränk.

Ihre Augen verließen ihn nie, als er einen kleinen Schluck nahm.

"Aber du hast recht, wir werden die Dinge wirklich etwas ausgleichen."

"Was meinen Sie?" fragte er und kämpfte gegen den Drang an, seine Härte zu verbergen.

Wie konnte er nackt sein, deutlich erregt und trotzdem natürlich aussehen?

"Sie hat einen tollen Körper", sagte Julia, griff in ihre Bluse und zog ihren BH aus, ohne ihr Hemd auszuziehen.

Ihre Brustwarzen sahen immer noch hart aus.

"So ist es nicht?" Nancy antwortete, als könnte Bob sie nicht hören.

"Warum fickst du ihn nicht?"

"Weil wir Freunde sind", erklärte Nancy, als wäre das eine Erklärung genug.

"Verdammt, Freunde zu sein", sagte Julia und sah Bob an. "Und was ist deine Entschuldigung?"

"Weil wir Freunde sind", sagte Bob achselzuckend.

Dann fügte er hinzu:

"Und sie hat immer einen Freund."

"Ihr zwei seid geschraubt", sagte Julia kopfschüttelnd, als sie ihre Tasche aufhob.

"Lass uns anfangen. Komm mit mir in die Küche."

Bob kämpfte gegen den Drang an, seine Kleider aufzuheben und mit ihnen zu rennen.

Aber nackt und hart durch Julias Haus zu gehen, fühlte sich seltsam an.

"Du hast so einen süßen Hintern", sagte Nancy und folgte ihm.

Sie kniff seinen nackten Hintern.

"Genug", sagte er, sprang auf und lachte.

KAPITEL 10

Julia stellte ihr Pflegeset auf die Theke und steckte den Rasierer in die Steckdose.

Er zog einen Stuhl hoch und setzte sich.

"Okay, nackter Junge, bleib hier."

Sie zeigte vor sich hin.

Mit einem melancholischen Lächeln streichelte sie mehrmals seinen harten Schwanz, bevor sie ihn ansah und fragte:

"Irgendeine Anfrage?"

"Ich weiß nicht", antwortete er und sah Nancy nach einem Vorschlag an.

"Voll gewachst würde für mich funktionieren", sagte Nancy und lehnte sich gegen die Theke, damit sie schauen konnte.

Er hatte ein breites Lächeln und schien sehr glücklich zu sein.

"Das habe ich auch gedacht", sagte Julia, drehte den Rasierer auf, hielt seine harte Erektion zur Seite und kratzte den Rasierer in einer geraden Linie nach unten.

Sobald er anfing zu arbeiten, änderte sich sein Verhalten und er schien wie alle Friseure zu sein, die Bob mit seinem ständigen Gesprächsstrom besucht hatte.

"Ich habe das immer meinem letzten Freund angetan. Er mochte auch alles Wachsen. Selbst nachdem wir uns getrennt hatten, wollte ich, dass er es weiter macht, aber ich habe es danach nicht gemacht. Ich meine, warum sollte ich? Was würde er für ein anderes Mädchen rasieren wollen? Das ist verrückt. Ich habe es einmal gemacht, nur weil es heiß war, aber nichts passierte. Ich hatte einen schönen Schwanz, aber nicht so gut wie deinen. Ich mag wirklich, wie weich dein ist. Viele Jungs haben diese wirklich großen, prall gefüllten Adern, wenn sie hart werden und sie sind hübsch und alle, außer deine sind hübscher ... "

Bob sah Nancy an, die das Geschehen um seinen harten Schwanz aufmerksam beobachtete.

Ein Moment verging, bevor sie aufblickte und seinen Augen begegnete.

Er sah sie an und sie verstand genau, was er meinte.

"Niemals", antwortete sie und beantwortete seine unausgesprochene Frage, ob Julia jemals den Mund halten würde.

"Eier sind kompliziert", sagte Julia, ohne etwas anderes als ihren Job zu bemerken. "Schau, du musst sie glätten, damit du sie ohne Kerben schneiden kannst."

Sie streichelte Bobs Ballsack und schien nicht zu wissen, wie das Summen des Rasiermessers gegen seine Bälle genauso erregte wie seine zarten Schläge.

Stattdessen wanderte sie weiter.

"Ich habe auch angeboten, dies für Any's Freund zu tun, aber sie hielt es nicht für eine gute Idee. Ich weiß nicht warum. Es ist nicht so, als würde ich ihr einen Blowjob geben oder so."

"Es fühlt sich eher wie ein Wichsen an", spritzte Bob.

"Warte, bis ich zum Rasierschaumteil komme", sagte Julia und tippte auf die Innenseiten von Bobs Füßen.

Er bekam die Nachricht, dass sie wollte, dass er seine Position erweitert.

Sie hob seine Eier auf und fuhr mit dem Rasiermesser durch den Bereich unter und hinter seinen Bällen.

Sie legte das Rasiermesser beiseite, nahm sich die Zeit, den Stecker herauszuziehen und in ihre Handtasche zu werfen, bevor sie eine Rasiermesserschale aufhob.

Er fügte ein wenig Puder, ein wenig Wasser hinzu und machte mit einem altmodischen Rasierpinsel einen cremigen Schaum.

Mit dem Pinsel malte sie Schaum um seinen harten Schwanz, durch seine Eier und auch zwischen seine Beine.

Sie lehnte sich in ihrem Stuhl zurück und sah ihn besorgt an.

"Du wirst nicht mögen, was ich als nächstes tun muss."

"Warum? Was wirst du tun?" fragte er jetzt besorgt.

"Nun, ich muss mich hinter deinem Schwanz rasieren und du bist wirklich hart."

"Damit?"

"Also musst du nicht so hart sein, damit ich mich dort rasieren kann."

"Nicht, dass ich das kontrollieren könnte", sagte er.

"Ich weiß, aber es ist wichtig, also musst du mir vertrauen", sagte er. Bob tat es nicht, obwohl er sich behauptete. "Ich verspreche, ich werde es wieder gut machen."

"Was wirst du wieder gut machen?" Ich frage.

Ohne weitere Warnung klemmte Julia das empfindliche Nervenbündel direkt unter dem Kopf seines Schwanzes, die zur Beschneidung auf dem Schwanz eines Mannes markiert war.

Sie drückte genau diese Stelle und er wand sich und überraschte ihn mit einem sofortigen Schmerzensschub, der unglaublicher war, als er es sich hätte vorstellen können.

"Gott!" brüllte er, zog sich zurück und sah sie an, als wäre sie die böseste Superschurke.

Seine Erregung ließ augenblicklich nach und sein einst stolzer Schwanz sank.

"Ich hatte eine Sexualtherapeutin, die mir das beigebracht hat", erklärte Julia Nancy, die ebenso beschämt wirkte. "Er sagte, es sei ein guter Weg, einem Mann mit vorzeitiger Ejakulation zu helfen. Du lässt ihn dem Orgasmus nahe kommen und kneifst ihn dann, um die Emotionen zu verlieren."

"Das tut höllisch weh", sagte Bob, der immer noch von einem plötzlichen Schmerzensschub heimgesucht wurde und Julia nicht mehr vertraute.

"Ich weiß, Baby", gurrte Julia. "Aber ich verspreche es wieder gut zu machen."

"Wie?"

"Komm zurück und sieh", sagte sie und zog ihn näher an sich heran.

Mit einem Rasiermesser in der Hand kratzte sie geschickt an den Stoppeln, die sich hinter seinem geschwollenen Penis versteckt hätten, einschließlich der wenigen Haare, die auf seinem Glied wuchsen.

"Dort, jetzt kannst du wieder hart werden."

"Ich glaube nicht, dass ich will", sagte er, immer noch wütend und misstrauisch.

"Nein, wirklich", sagte sie und streichelte seinen Schwanz. "Du musst für den Rest hart werden. Es ist einfacher, deine Eier zu machen, wenn du hart bist."

Obwohl sich seine Hand auf seiner Länge gut anfühlte, reichte es nicht aus, die Richtung seiner Erektion zu ändern.

Vor ihnen nackt zu sein war schon peinlich genug gewesen, aber dieser große unerwartete Schmerz hatte den Bann gebrochen.

"Ich denke, ich kann den Rest zu Hause erledigen."

"Sei nicht so", sagte Nancy und ging von der Theke weg.

Sie schlang einen Arm um seinen Hals und brachte sein Gesicht für einen Kuss nahe an ihr.

Als ihr Kuss anhielt, fühlten sich Julias Liebkosungen attraktiver an, bis Bobs Schwanz wieder Vollgas gab.

"Scheiße, ich mag es hart auszusehen", sagte Nancy und trat zurück, um sich gegen die Theke zu lehnen.

"Danke", sagte Julia, machte sich wieder an die Arbeit und nahm ihr gedankenloses Geschwätz wieder auf. "Mein Freund mochte diesen Teil auch nicht. Er musste ihn danach immer hart saugen. Dann wurde uns klar, dass es ihm den Schmerz vom letzten Teil hätte ersparen können. Also rasierte er ihn überall dort, wo er hart sein konnte, er saugte ihn ab , er kam, und dann konnte ich ihn dort hinten rasieren. "

"Das hättest du mir antun können", beschwerte sich Bob.

"Außer wir würden Sex haben", sagte Julia.

"Y?" Fragte Bob verwirrt, warum das ein Problem sein würde.

Julia sah Nancy an, bevor sie enthüllte:

"Wir wollten dich nur nackt sehen, um dich zu rasieren."

"Ernsthaft?" Fragte Bob und fühlte sich gespielt.

"Oh, sei nicht so", sagte Nancy und nippte an ihrem Getränk.

Sie lächelte ihn an und sah schon betrunken aus.

"Wir werden dich auch masturbieren sehen, wenn du willst."

"Oh mein Gott, das wäre so heiß!" Julia mischte sich ein und spülte das Rasiermesser aus, bevor sie wieder zur Arbeit ging. "Ich habe noch nie jemanden gesehen, der das getan hat, nicht im wirklichen Leben. Allerdings wollte ich ihn immer sehen."

"Es ist höllisch heiß, wenn du das siehst", sagte Nancy.

"Hast du es gesehen? Ich bin schon so eifersüchtig! Mit wem hast du es gemacht? War es Andy? Ich wette, es war verdammt cool, wie du sagst. Es ist so verdammt schön!"

Nancys Antwort überraschte Bob:

"Es war mit jemandem, der sexier ist als Andy."

"Heißer als Andy?" Fragte Julia ungläubig. Sie haben Nancys neuesten Freund erwähnt. "Es konnte nicht Jim gewesen sein, da Andy so viel sexier ist als Jim. Versteh mich nicht falsch, ich würde im Handumdrehen ja sagen, aber ich denke Andy ist so viel niedlicher."

"Außer, dass Andy ein betrügerischer Spieler ist", sagte Nancy und nahm einen langen Zug von ihrem Getränk.

"Ja, aber trotzdem", sagte Julia und arbeitete an Bobs Körper, als wäre er nichts weiter als eine Schaufensterpuppe. "Wirst du mit ihm Schluss machen, wenn er zurückkommt?"

"Warum? Willst du mit ihm ausgehen?"

"Nicht direkt nach dir, aber wenn er auf dem Markt bleibt, weiß ich es nicht. Wäre das in Ordnung?"

"Du kannst ficken, wen du willst", verkündete Nancy mit Säure, die aus ihren Worten tropfte.

Julia war von seinem Ton nicht überrascht.

Sie warf den Rest ihres Getränks weg.

"Es tut mir leid. Ich sollte nicht über ihn sprechen, oder?"

"Wahrscheinlich nicht", stimmte Bob zu. Er hatte gesehen, wie Nancys Stimmung gesunken war. "Bist du fast fertig?"

"Fast", sagte Julia und kratzte ebenfalls zwischen ihren Beinen.

Er holte einen sauberen Lappen aus einer Schublade, benutzte ihn als Waschlappen und wischte sich den letzten Teil der Rasierschaumcreme vom Körper, bevor er ihn an Nancy wandte.

"Da! Was denkst du?"

"Nun, das ist in Ordnung", sagte Nancy und verwandelte ihren traurigen Ausdruck in ein Lächeln.

"Du solltest es fühlen", sagte Julia und rieb ihre Hände über und um Bobs geschwollene Erektion. "Es ist sooo weich."

Nancy trat vor, um zu tappen.

Bobs harter Schwanz pochte, als zwei Mädchen ihn berührten und streichelten.

"Magst du es so?" Sie hat ihn gefragt.

"Wie kann ich es nicht mögen?" fragte er zu aufgeregt, um sich ihrer Aufmerksamkeit zu schämen.

"Es ist noch angenehmer, wenn du daran lutschst", schlug Julia vor.

"Ich nehme dein Wort dafür", antwortete Nancy. "Aber es ist okay, wenn du willst."

Julia sah sehnsüchtig auf Bobs harten Schwanz, als sie ihn streichelte.

Sie leckte sich die Lippen und dachte für einen Moment, dass sie es tun würde.

"Ich glaube nicht, dass ich aufhören wollte, nur daran zu saugen."

"Es wird zu spät", sagte Bob besorgt darüber, dass es zu einer Verpflichtung führen könnte, die sie nicht haben wollte, wenn Julia mehr tun konnte. "Und ich muss Nancy noch nach Hause bringen."

Bob zog sich an und sie verabschiedeten sich von Julia.

KAPITEL 11

Nancy schlang ihren Arm um Bob, als er sie zum Auto führte.

"Du bist wirklich betrunken", sagte sie kichernd.

"Warum musstest du Andy erwähnen?" Nancy beschwerte sich.

"Ja, ich weiß nicht, was er gedacht hat", sagte Bob und öffnete die Tür für seinen Freund.

Nachdem er sich ans Steuer gesetzt hatte, streckte Nancy die Hand aus und versuchte, seine Hose aufzuknöpfen.

"Wow, was machst du?"

"Ich möchte ihn wiedersehen", sagte Nancy und drückte ihre Lippen gegen Bobs.

Es fiel ihm schwer, seinem Kuss und seinen fleißigen Händen zu widerstehen, aber er fand Kraft.

"Ich muss fahren".

"Lass es mich einfach wieder fühlen."

"Lass uns warten bis wir dich nach Hause bringen und dann werde ich es dir wieder zeigen."

"Du versprichst?"

"Ja", sagte er und hoffte, dass all der Alkohol, den er konsumiert hatte, die Gleichung ändern würde, wenn sie in seine Wohnung kamen.

KAPITEL 12

"Ich sehe dich gerne nackt", sagte Nancy, als sie fuhr.

Er versuchte, ihre Hand auf seinem Oberschenkel zu ignorieren, obwohl der enge Kontakt ihn hart und bedürftig hielt.

"Und ich finde es sexy, dass du dich auch vor Julia ausgezogen hast."

"Nicht, dass ich eine Wahl gehabt hätte", sagte er.

"Ugh, sei nicht so. Es macht Spaß, nackt zu sein, nicht wahr?"

"Ich wurde hart, nicht wahr?" sagte er, anstatt seine Rolle dabei zuzugeben. "Wir sind immer noch nur Freunde, oder?"

"Beste Freunde."

"Obwohl du mich nackt gesehen hast?"

"Ich denke, das macht uns zu besten Freunden", sagte er und schob seine Hand höher über ihren Oberschenkel, bis die Seite seiner Hand gegen ihren Schritt drückte.

"Ich denke jedoch nicht, dass wir mehr küssen sollten."

"Warum?" sie fragte schmollend.

"Weil ich deshalb mehr tun möchte, als wir tun können."

"Ja, ich auch", sagte er lachend. "Deine Küsse machen mich nass."

"Siehst du?"

"Aber vielleicht mag ich es heiß und unangenehm zu sein", sagte sie und fuhr mit ihrer Hand über ihre Ausbuchtung.

"Das solltest du für deinen Freund aufbewahren."

"Außer, dass er nicht hier ist", sagte sie und zog ihre Hand von seiner Ausbuchtung weg, hielt sie aber auf ihrem Bein. "Weißt du, Mädchen masturbieren auch."

"Ich weiß."

"Also das ist alles was passieren wird. Du machst mich an und dann masturbiere ich, warum ist das so wichtig?"

"Ich weiß nicht", sagte er und versuchte, dieses Gespräch mit einer betrunkenen Nancy fortzusetzen, die anfing, albern zu klingen.

"Ich wünschte du hättest vor Julia masturbiert."

"Warum?"

"Weil es zu heiß gewesen wäre", sagte Nancy und drückte ihr Bein, ohne ihre Hand in der Nähe ihrer Gefahrenzone zu erreichen. "Und ich weiß, es hätte sie auch angemacht."

"Oh, ich denke er war aufgeregt genug um das zu tun was er getan hat."

"Ja, er wichst wahrscheinlich und denkt gerade an dich. Wie fühlt sich das an?"

"Seltsam", sagte Bob und erkannte, dass er wahrscheinlich Recht hatte.

Als er vor seinem Haus parkte, wurde ihm klar, dass er nicht bleiben sollte.

Sie sollten ihr helfen, in ihre Wohnung zu gelangen und dann so schnell wie möglich zu gehen.

Sie wartete darauf, dass er seine Tür öffnete.

Wieder schlang sie ihren Arm um seine Taille und lehnte sich zur Unterstützung an ihn.

Er arbeitete für sie am Schloss.

Sie zog ihn herein und begann ihn zu küssen.

"Wow", sagte er und ging nach ihrem ersten Kuss weg. "Ich dachte, wir würden das nicht mehr tun."

"Es tut mir leid", sagte er mit einem Lächeln und einem Kichern, das deutlich machte, dass er es nicht bereute.

Sie fing an, an der Vorderseite ihrer Hose zu arbeiten.

"Wirst du für mich wichsen?"

"Ich denke nicht, dass ich etwas tun sollte", sagte er und entfernte ihre Hände.

"Aber du hast es versprochen", beharrte sie, öffnete und zog an seiner Hose.

Ohne Grund, anders zu sein, war er immer noch hart.

Bob wurde klar, dass er sich abfinden musste, bevor die Dinge außer Kontrolle gerieten.

"Andy", sagte sie und hasste sich ein bisschen dafür, dass sie den Namen ihres Freundes so aussprach.

"Andy ist der Grund, warum ich dich nicht in mein Zimmer ziehe und dich ficke."

Sie strich mit ihren Lippen über seine, hob sein Hemd und brach den Kuss ab, um sein Hemd auszuziehen.

Sie trat einen Schritt zurück und bewunderte ihn nackt bis auf die Stoffwölbung um seine Knöchel.

"Das ist es, worüber ich rede."

Nancy drehte sich um und ging zu ihrer Couch und setzte sich.

Sein ganzes Gesicht leuchtete mit einem breiten Lächeln auf und ein entzückter Schimmer erschien in seinen Augen.

"Wagen Sie es, hierher zu kommen und sich zu mir zu setzen."

Bob fühlte sich albern und zog seine Hose aus.

Sein bedürftiger Schwanz pochte.

Sie fühlte den Raum auf eine Weise, wie sie es noch nie zuvor gefühlt hatte, als die Luft ihr nacktes Fleisch küsste und es nicht gewohnt war, an diesem Ort ausgesetzt zu sein.

Er hatte keine Ahnung, was er mit seinen Händen anfangen sollte.

Er setzte sich neben sie, streckte die Beine aus, kreuzte die Knöchel und legte die Hände auf den Kopf.

Scheiß drauf.

Wenn er vor Nancy nackt und hart sein würde, warum sollte er versuchen, sich zu verstecken?

"Ich denke, du solltest jedes Mal so sein, wenn wir zusammen sind", sagte Nancy und wand sich, als sie seine Nacktheit offen bewunderte.

Er bewunderte sie auch und konnte die Zwillingspunkte, die über ihr auftauchten, oder den hungrigen Ausdruck in ihren Augen nicht aus den Augen verlieren.

"Was ist für mich da drin?" fragte er mit einem ironischen Lächeln.

"Ist es okay, wenn ich das mache?" Fragte er und fuhr mit seiner Hand über ihren flachen Bauch, bis seine Finger das Fleisch berührten, das normalerweise mit Schamhaaren bedeckt war.

Sie streichelte vorsichtig seinen harten Schwanz.

Seine Erektion pochte und bat um die Aufmerksamkeit, nach der sich sein Körper sehnte.

"Ich bin sehr nah dran", sagte er und kündigte etwas an, das sie sicherlich wusste.

"Mach mir ein Versprechen", sagte sie, beugte sich vor und strich mit ihren Lippen über seine. "Versprich mir, dass sich unsere Freundschaft nicht ändern wird, wenn etwas anderes passiert."

"Kommt darauf an, was es ist", sagte er und war sich nicht sicher, wie viel mehr sein Herz aushalten könnte.

"Ich weiß nicht", sagte sie, fuhr mit einem Finger über seinen harten Schwanz und lächelte, als sie ihn springen sah. "Ich weiß, dass du denkst, ich bin wirklich betrunken, und ich bin es, aber ich werde nicht so schlecht betrunken wie du."

"Ich weiß", sagte er, nachdem er ihr schon einmal nahe gewesen war, nachdem sie zu viel getrunken hatte.

Nancy wurde immer übermäßig liebevoll, wenn sie zu viel trank.

Sie war emotional betrunken.

"Ich erinnere mich immer daran, was ich am nächsten Tag getan habe."

"Das ist nur dieses Mal passiert", sagte er mit einem tiefen Seufzer.

Sie ignorierte ihn, streichelte seine Erektion noch einmal mit einem Finger und schlang ihren Finger schließlich um seinen rotvioletten Kopf seines Schwanzes. "Ich liebe es, dein Freund zu sein".

"Ich liebe es auch dein Freund zu sein."

"Ich weiß, aber halt die Klappe für eine Sekunde." Er schluckte einen Schluckauf, als der Rest des Alkohols, den er aufgenommen hatte, in sein System gelangte. "Ich liebe es, dein Freund zu sein und dass du auch mein Freund bist."

Sie lehnte sich an seine Schulter.

Es fühlte sich eher so an, als würde sie gegen seine Schulter fallen.

"Und ich denke es ist okay wenn ich dich nackt sehe."

"Okay", erlaubte er.

"Und ich möchte dich die ganze Zeit so sehen, weil du verdammt heiß bist."

"Nein, bin ich nicht."

"Ja, das bist du", beharrte sie und unterbrach jedes Wort, indem sie auf seinen harten Schwanz klopfte und diesen festen Ton benutzte, den betrunkene Leute so gut machten. "Und ich möchte allen meinen Freunden angeben."

"Uh-huh", sagte er und erwartete, dass sie übertreibe.

Sie senkte eine ihrer Hände und legte sie auf seinen Schwanz.

"Ich denke du solltest jetzt masturbieren."

"Warum?"

"Weil ich sehen will, dass du es tust."

Bob musterte sie einen Moment.

Etwas in seinen Augen sagte, dass er mehr im Kopf hatte.

"Y?" er forderte auf.

"Und ich möchte es mit dir versuchen, außer ich kann dir keinen Blowjob geben, weil ich noch einen Freund habe."

Sie rutschte über seinen Körper und legte ihren Kopf auf seine Brust.

"Tu es", sagte sie, hielt ihre Hand um seinen Schwanz und bewegte sie für ihn.

"Ernsthaft?" fragte er und bewegte sanft seine Hand unter ihrer Hand auf und ab.

"Bitte?" sie bettelte, zog sich zurück und ließ ihn ihre Augen sehen. "Ich möchte dich wirklich schmecken."

"Du bist unglaublich", sagte er, überrascht und fassungslos von ihrer Idee.

"Tu es einfach", sagte sie und legte ihren Kopf auf den Bauch.

Sie umfasste seine weichen Eier und küsste seinen Bauch, bevor sie ihr Ohr gegen seinen Bauch drückte und dem Kopf seines harten, geschwollenen Schwanzes zugewandt war.

Bob spürte, wie sich sein Kopf vor Lust und Verlangen drehte.

Nancy wollte das wirklich und die Idee schickte ihr eine elektrische Ladung.

Sein geschwollener, schmerzender Schwanz pochte stärker als je zuvor in ihrer Hand.

Das Gefühl, dass ihre kleine Hand seinen frisch rasierten Sack mit Bällen berührte und streichelte, machte ihn verrückt.

Er erinnerte sich, wie sie das Sperma das erste Mal aus seinem Bauch genommen und es probiert hatte.

Diese Erinnerung war genug, um ihr zu versichern, dass es ihr gut ging.

Er hatte keine Zweifel mehr, nicht aufzuhören.

KAPITEL 13

Er war zu lange gestreichelt und befummelt worden und erreichte schnell den Punkt ohne Wiederkehr.

Er stöhnte, als der erste mächtige Jet aus seinem Schwanz ausbrach und immer noch direkt auf Nancys hübsches Gesicht zielte.

"Ja!" schrie er und melkte seine Eier, als er seinen harten Schwanz schneller wichste. "Alles! Gib mir alles!"

Bob kam immer wieder mit langsam abnehmenden Stößen, bis er sich zufrieden und erschöpft fühlte.

Sein Schwanz pochte weiter, als Nancy seinen Bauch leckte.

Sie jagte nach jedem Tropfen cremiger Milch, der weder in ihren Mund noch auf ihr Gesicht gespritzt war.

"Scheisse!" Sie lachte, setzte sich auf und er sah das Durcheinander, mit dem er ihre Wangen und Nase besprüht hatte.

Er war von der Stirn bis zum Kinn auf sein Gesicht gekommen.

Er fuhr mit den Fingern durch die saftigsten Stücke und leckte sich sofort den Finger, bevor er zurückging, um mehr zu holen.

"Ich fühle mich wie ein Pornostar", sagte sie und lachte immer noch, als sie ihn zurückschob, damit sie aufstehen konnte. "Gehe nirgendwo hin".

Sie rannte in ihr Badezimmer und erschien einige Momente später.

Sein Gesicht sah nass und sauber aus.

Sie lächelte, als sie sich wieder setzte.

"Das war verdammt heiß!"

"Das war verrückt", sagte er und erspähte einen letzten Tropfen, der am Kopf seines Schwanzes klebte.

Er hob es auf und fütterte es.

"Warst du schon immer so?"

"Ich war immer sehr mündlich", sagte er mit einem großen Lächeln.

"Ich auch", bot er ohne besonderen Grund an.

"Gott, ich hoffe du bist gut darin. Andy konnte meinen Kitzler mit einer Straßenkarte, einem GPS und sechs Leuchtreklamen, die auf ihn zeigten, nicht finden."

"Ich denke, es geht mir gut", sagte er und wollte nicht wie ein Prahler klingen.

"Ich bin sehr geil", sagte sie, kuschelte sich an ihn und legte eine Hand zwischen seine Beine.

"Ich sollte gehen", bot er an und gab ihr das als Hinweis darauf, dass sie etwas Zeit für sich haben möchte.

"Nein, ich denke du solltest bleiben", sagte sie, brachte ihren Kopf nahe an seinen und küsste ihn tief.

Er küsste sie zurück und sehnte sich mehr als er jemals wollte.

Er spürte, wie sie sich windete.

Sie brach ihren Kuss und knöpfte ihre Hose auf.

"Du bist, weil ich das tun muss."

Sie zog sich nicht aus, aber es gab keinen Zweifel daran, was sie tat, als sie in ihr Höschen griff.

Bob küsste sie und hielt seine Hände für sich, als sein Herz und sein Verstand rasten und wussten, was sie tat.

Er spürte, wie seine Leidenschaft so schnell anstieg wie ihre.

Sie wand sich und stöhnte tief in seinen Mund.

Er spürte, wie sich ihr Körper für einen Moment anspannte, bevor sie bei ihrem Orgasmus schauderte, sich zurückzog und nach einem tiefen Atemzug schnappte.

"Das war unglaublich", sagte er und hielt sie fest, bis sie sich beruhigt hatte. "Fühlst du dich besser?"

"Viel besser", seufzte er und nahm seine Hand von seiner Hose.

Seine Finger glänzten von ihrer Feuchtigkeit.

Ohne zu fragen, legte er seine Hand um ihr Handgelenk und führte sie zu ihren Lippen.

Er saugte an ihren Fingern und genoss ihren Geschmack, als sie mit ihrer anderen Hand nach seinem Schoß griff.

"Du bist wieder hart."

"Ich frage mich warum", sagte er.

Sie fuhr mit ihrer Hand mehrmals über seinen harten Schwanz und streichelte ihn, bevor sie ihre Hand über seinen Oberschenkel schob.

"Sind wir immer noch nur Freunde?"

"Ich weiß nicht, richtig?"

"So möchte ich, dass wir sind", sagte sie und lehnte ihren Kopf an seine Schulter.

Sie schob ihre Hand wieder nahe an seinen Schwanz.

"Ich möchte, dass wir die Art von Freunden sind, bei denen das in Ordnung ist."

"Also Freunde mit Vorteilen?"

"Gott nein, ich hasse diesen Satz."

"Also sag mir was du willst und das ist die Art von Freund, die wir sein werden."

"Vielleicht kannst du nackt mein bester Freund sein?" sie fragte und schenkte ihm ein müdes, schläfriges Lächeln. "Mein bester nackter Freund, der mich manchmal auch küsst."

"Und er masturbiert vor dir?"

"Ich mag es, wenn du das tust", sagte er und drückte seinen Schwanz. "Also ja, mein nackter bester Freund, der mich manchmal küsst und mich ihn wichsen sieht. Das ist die Art von bestem Freund, die ich will."

"Ich denke du bist immer noch betrunken", schlug sie vor und küsste ihre Stirn. "Willst du Hilfe beim Schlafengehen?"

"Ich möchte nicht ins Bett gehen. Ich möchte so hier bleiben", sagte er und kuschelte sich näher an ihn.

Bob hielt sie in seinen Armen, bis sie einschlief, bevor er vorsichtig unter ihr hervorkroch.

Er bedeckte sie mit einer Decke, zog sich an und ging sehr leise.

Als er nach Hause kam, konnte er nicht widerstehen, noch einmal zu wichsen.

Ihre rasierten Körperteile zu fühlen war eine neue und sehr interessante Sensation, obwohl ihr Orgasmus nicht so freudig war wie der erste der Nacht.

Er führte es darauf zurück, dass es zu spät war und er müde war, also ging er ins Bett.

KAPITEL 14

Er wachte auf, zog sich zum Duschen aus und beschloss nach dem Duschen, so zu bleiben.

Dort rasiert zu werden machte mehr Spaß, wenn man der Luft ausgesetzt war.

Da er an diesem Tag nichts sofort zu tun hatte, begann er Videospiele zu spielen.

Manchmal wurde er nur durch den Nervenkitzel, nackt in seinem Haus zu sitzen, hart.

Es war ihm egal.

Es hat auch mehr Spaß gemacht, nackt zu sein, wenn es schwer war.

***

Am Sonntag war es fast Mittag, als Nancy anrief.

"Was tun Sie?"

"Nackt Videospiele spielen", sagte er und unterbrach sein Spiel.

"Wenn das stimmt, bin ich auf dem Weg dorthin."

Bob ignorierte ihren Kommentar.

"Wie geht es dir? Du warst letzte Nacht ziemlich betrunken."

"Mir geht es gut. Ich war enttäuscht, in einem leeren Haus aufzuwachen."

Da er nicht wusste, was er sonst noch sagen sollte, deckte er sich zu und sagte nichts weiter als:

"Und Sie wissen."

"Was? Du hast schon die Nacht bei mir verbracht."

"Ich weiß, aber ich war nicht zu betrunken, um zu fahren", bemerkte er.

"Ja, aber woher soll ich sicher wissen, ob du mein bester nackter Freund bist, wenn du morgens nicht hier bist?"

Bob lachte über ihre bemerkenswerte Fähigkeit, auch nach einer Nacht, in der sie völlig durcheinander war, ein totales Gedächtnis zu bewahren.

"Zum Glück nehme ich die Worte betrunkener Mädchen mit ein wenig Vorsicht."

"Ahhh, heißt das, wenn ich heute dort rüber gehe, wirst du dich nicht für mich ausziehen?"

"Sind Sie im Ernst?"

"Warum nicht?" sie fragte und klang so fröhlich wie immer. "Du tust so, als wäre es nichts für mich."

"Eigentlich denke ich, dass ich es hauptsächlich für dich mache", korrigierte Bob lachend.

"Ich habe kein Problem damit. Ist es falsch, dass ich mich in meinen besten Freund verliebt habe?"

"Warum jetzt? Ich bin seit Jahren bei dir."

"Außer ich bin eine dünne Blondine und du triffst dich immer mit molligen Brünetten."

Bob machte sich nicht die Mühe zu erklären.

"Julia ist eine dünne Blondine und will dich auch wieder nackt sehen", sagte sie.

"Oh bitte nein", stöhnte er. "Ich denke, mein Kopf würde explodieren, wenn ich auf sein ständiges Geschwätz hören müsste."

"Ja, er wird so, nachdem er ein paar Drinks getrunken hat. Er hat mir heute Morgen eine SMS geschrieben und nach dir gefragt."

"Y?"

"Na und? Ich habe ihm gesagt, dass ich nicht weiß, ob du jemanden siehst. Ich habe ihm auch gesagt, dass ich auf dem Heimweg ohnmächtig geworden bin."

"Weißt du etwas über Andy?" fragte er und hob seinen Controller, während er das Telefon unter seinem Kinn hielt.

"Normalerweise ruft er abends an", sagte er mit einem tiefen Seufzer. "Es macht keinen Spaß mit ihm zu reden, wenn ich weiß, dass er mich betrogen hat. Was soll ich sagen?"

"Ich weiß nicht."

"Und ich möchte nicht am Telefon Schluss machen, denn das ist eigentlich Scheiße, zumal er bald zu Hause sein wird."

"Nachdem du dich von ihm getrennt hast, sollten du und ich zu einem richtigen Date ausgehen und sehen, was passiert."

"Ich weiß bereits, was passieren wird", sagte er. "Wir werden ausgehen, eine tolle Zeit haben, zurück zu deinem Haus gehen und wie verrückt ficken."

"Hört sich bisher gut an", sagte er und spürte, wie seine Erektion auf die Idee reagierte.

"Und dann am Morgen werden wir beide so verängstigt sein von dem, was wir getan haben, dass wir es nie wieder tun werden."

"Ich glaube, dass alles genau so passieren wird, wie Sie es gesagt haben, bis auf den nächsten Tag. Ich glaube, wir werden in den Armen des anderen aufwachen, unsere unsterbliche Liebe zueinander bekennen und sofort Pläne machen, um herauszufinden, ob wir zusammen in Ihr oder mein Haus einziehen werden. ".

"Nun, deine", sagte Nancy. "Du hast ein Haus und ich wohne immer noch in einer Wohnung."

"Meine Version hat ein glücklicheres Ende."

"Außer ich denke nicht, dass Freunde ficken sollten, weil das nie klappt. Erinnerst du dich an Kevin?" Bob brauchte einen Moment, um den Namen in Nancys Vergangenheit zu setzen. "Er und ich haben nur als Freunde angefangen, dann sind wir für eine Weile Freunde geworden, aber es hat nicht geklappt. Er wollte Freunde mit Rechten sein, aber ich wollte nicht, also haben wir auch aufgehört, Freunde zu sein."

"Du hast mich nackt gesehen und wir sind immer noch Freunde", sagte Bob.

"Ja, und ich möchte dich immer noch nackt sehen. Kann ich gehen?"

"Wenn du das tust, ziehe ich mich an."

"Ahhh, sei nicht so!"

"Komm schon Nancy, wir wissen beide, dass wir mit dem Feuer spielen. Warum denkst du, werde ich so hart um dich herum?"

"Warum bin ich heiß?" sie fragte, lachend als sie es sagte.

"Glaubst du, ich habe es nie bemerkt?" Es hatte etwas damit zu tun, mit Nancy am Telefon nackt zu sein und zu wissen, dass sie ihn nackt gesehen hatte, was Bob die Kraft gab, auch seine Seele zu entblößen. "Dieses Wochenende war nicht das erste Mal, dass ich dich hart getroffen habe."

Was Nancy als Antwort sagte, erschreckte ihn jedoch.

"Und dieses Wochenende ist nicht das erste Mal, dass ich an dich denke."

"Warte, hast du gerade gesagt, ich mache es?", Fragte er und verstand genau, was sie mit diesen Worten meinte.

"Ja. Jungs ziehen es ab und Mädchen ziehen es ab. Also ja, du warst ein paar Mal ein Gaststar für mich. Ist das falsch?"

"Nein", sagte er und drückte seine Erektion, die sich schnell zwischen ihren Schenkeln ausdehnte. "Ist es falsch, dass es mir schwer fällt, das zu hören?"

"Du bist ein Idiot", lachte er. "Ich habe es heute schon einmal gemacht. Sag mir, dass du nackt und hart bist und dass ich es wieder tun muss."

"Wirklich?" fragte er und ignorierte ihre Bitte. "Wie oft machst du es?"

"Wie oft machst du es?"

"Ich denke, es ist anders für Männer", sagte er und fühlte sich rot.

"Ich habe es gestern dreimal gemacht", verkündete Nancy, als wäre es nichts. "Einmal, als ich aufgewacht bin und das war für dich. Dann habe ich es noch einmal gemacht, bevor ich letzte Nacht gegangen bin, was vielleicht für dich war oder nicht, und dann noch einmal mit dir letzte Nacht. Warte, es war spät, also denke ich das bedeutet, ich habe es heute schon zweimal gemacht "

"Ich habe es wieder getan, als ich nach Hause kam", gestand er.

"Hast du es heute schon gemacht?"

"Noch nicht", sagte er, obwohl er das Gefühl hatte, dass er es bald tun würde.

"Kann ich gehen und sehen, wie du es tust?"

Bob schwieg lange, als er mit seiner Antwort kämpfte.

Wenn er "Ja" sagte, wo würde das enden? Aber wenn er "nein" sagte, würde sie es als Beleidigung ansehen?

Nancy füllte den leeren Raum, den sie verlassen hatte, mit einem eigenen Vorschlag aus:

"Ich denke, du solltest 'Ja' sagen, denn das würde beweisen, dass wir das können, ohne dass es etwas bedeutet."

"Oh, soll ich dich jedes Mal einladen, wenn ich Lust habe zu wichsen, nur damit du sehen kannst?"

"Ich stimme dem zu. Ich meine, ich würde dich mich ansehen lassen, außer es ist nicht unser Ding."

"Können wir es zu unserem Ding machen?"

"Ich denke nicht, dass es eine gute Idee ist", sagte Nancy ohne Erklärung. "Was ist, wenn ich verspreche, dass ich nicht versuchen werde, dich zu berühren? Macht es das besser oder schlechter?"

"Ein bisschen von beidem", sagte er, streichelte beiläufig seine Erektion und fragte sich, wie das zu einem Problem werden könnte.

"Wäre es besser, wenn ich einen Freund mitbringen würde, der auch zuschaut?"

"Bitte sag nicht Julia."

"Nein, es muss nicht Julia sein", flüsterte er. "Jeder möchte vielleicht zuschauen. Und ich habe auch andere Freunde. Vielleicht sollte ich welche mitbringen, die du nicht kennst, möchtest du?"

"Weißt du was wirklich verrückt ist?" Ich frage. "Ich werde es wirklich schwer zu hören."

Nancy lachte und es klang nach süßer Musik.

"Soll ich dir sagen, dass ich nass werde, wenn ich es sage?"

"Nur wenn du willst, dass ich noch härter werde."

"Spielst du wirklich nackt Videospiele?"

"Ich habe das Spiel in der Pause."

"Aber du bist wirklich nackt, oder?"

"Ich bin seit heute Morgen. Rasiert zu sein fühlt sich besser an, wenn ich nackt bin."

"Gott, es war so sexy zu sehen, wie Julia dir das antut."

"Wirklich?" Fragte er überrascht.

"Ja. Ich denke, weil ich es tun wollte und ich wusste, dass ich es nicht konnte, also musste ich sie es tun lassen. Ich weiß es nicht. Oder vielleicht weil du wirklich hart warst und ich gerne hart aussiehst."

"Ich bin gerade hart", schnurrte er und fühlte sich wie ein halber Idiot, weil er es in einem schnurrenden Ton gesagt hatte.

"Mach weiter so."

"Warum?"

"Nur weil", beharrte sie.

"Wo sind Sie?" fragte er und bemerkte, wie sich das Geräusch im Hintergrund veränderte.

"Wo denkst du bin ich?"

"Ich dachte du wärst zu Hause", sagte er, als er ein leises Klopfen an seiner Haustür hörte.

KAPITEL 15

Er musste nicht aus dem vorderen Fenster schauen, um zu wissen, was sein Auto in seiner Einfahrt sehen würde.

Nur Nancy klopfte so an ihre Tür, ein Klopfen, das eine Rückkehr zur High School hervorrief, als sie die Moderatorin der Percussion-Sektion der Schulband war.

Nackt und verdammt hart unterbrach Bob den Anruf und ging zur Haustür.

Er machte sich auch nicht die Mühe, das Guckloch zu überprüfen.

Sie öffnete die Tür weit und lächelte ihre Freundin an, die ihr Handy immer noch dicht an ihr Ohr hielt.

"Hallo", sagte sie und trat ein.

Er warf einen Blick auf den Fernseher, als wollte er sicherstellen, dass er Videospiele gespielt hatte.

Er hatte nicht gelogen.

Sein Spiel war in Pause.

"Was hast du jetzt gemacht?"

"Nun, ich glaube, ich habe das getan", sagte er und kehrte zu seiner Couch zurück, auf der er saß. Er hob seinen Gamecontroller auf.

"Oh wirklich?" fragte sie, setzte sich neben ihn und sah über ihre Schulter auf seinen stolzen, geschwollenen Schwanz. "Ich dachte du spielst mit etwas anderem."

"Oh, du meinst dieses alte Ding?" fragte er und schlug auf seine Erektion ein. "Ja, damit hätte ich auch etwas anfangen können."

Nancy knöpfte ihre Jeans auf und griff in ihre Hose.

"Hast du Lust mehr das zu tun?"

"Ja", keuchte er, zu aufgeregt, um schüchtern zu bleiben.

Er warf seinen Controller beiseite und begann langsam an seinem harten Schwanz zu ziehen, als er sah, wie sich ihre Hand in seiner Hose bewegte.

"Erinnerst du dich, was ich letzte Nacht getan habe?" Sie fragte.

Bevor er antworten konnte, beugte sie sich vor und legte ihre Wange auf seinen Bauch.

Anders als in der Nacht zuvor brachte sie ihr Gesicht nahe an die Spitze seines Schwanzes und jedes Mal, wenn sie ausatmete, spürte er, wie ihr warmer Atem den Kopf seines Schwanzes streichelte.

"Das ist schade", murmelte sie, obwohl sie ihre Hand schneller bewegte, ihren Orgasmus streichelte und näher an die Realität drängte.

"Tu es", stöhnte sie.

Er konnte die rhythmischen Bewegungen ihres Armes fühlen, als sie sich streichelte.

"Oh verdammt", stöhnte er und spürte, wie sich sein Bedürfnis schnell näherte.

"Ja!" sie zischte und das war genug für ihn.

Es gelang ihm, ein weiteres Stöhnen auszulösen, bevor er vor Sternen der Freude in seinen Augen platzte.

Er kam hart, schoss und sprühte sein Sperma über ihren Bauch und in den wartenden Mund ihrer besten Freundin.

Wie in der Nacht zuvor, kam sie hart und schoss mit jeder Kontraktion ihres Körpers dicke, straffe Locken nach oben, und es fühlte sich wunderbar an.

"Viel besser", sagte Nancy und klang ebenfalls ein wenig atemlos. "Kaum ein Jet wurde vermisst."

Er setzte sich auf, wischte sich einen Strom vom Kinn und lächelte.

"Wie wäre es mit dir? Bist du angekommen?" fragte er verlegen, dass er sich so auf seinen Orgasmus konzentriert hatte, dass er seinen vielleicht verpasst hätte.

"Oh ja", versicherte sie ihm und fütterte ihre beiden nassen Finger, die mit der Feuchtigkeit ihres Körpers bedeckt waren.

"Scheiße, ich will dich so sehr verarschen."

"Wie denkst du fühle ich mich?" sie fragte und gab ihm einen kleinen Kuss und ein viel breiteres Lächeln. "Warum gehst du nicht zurück zu deinem Spiel und ich werde sehen, was du hier essen musst?"

"Nicht viel", sagte er und folgte ihr in die Küche. "Ich habe seit ein paar Tagen keinen Einkauf mehr gemacht."

"Spielen und ich werde etwas finden", sagte er und öffnete die Kühlschranktür.

Er lehnte sich an die Wand und sah sie einen Moment an.

"Und traust du dich nicht, dich anzuziehen", sagte sie und holte ein paar Eier, etwas Gemüse und den Rest ihrer Milch heraus.

"Ja, Ma'am", sagte er und fühlte sich unbehaglich, aber entschlossen, ihren Regeln zu folgen.

KAPITEL 16

Nancy zauberte zwei köstliche Tortillas mit den Essensresten, die Bob in seinem Kühlschrank hatte.

Sie saßen auf seiner Couch und beobachteten Netflix, während sie aßen, und er blieb die ganze Zeit nackt.

Nach dem Essen spülte er das Geschirr und sah, wie sie ihn beobachtete, als er in sein Wohnzimmer zurückkehrte.

"Es ist nicht so beeindruckend, wenn ich weich bin, oder?" sagte er und fing die Richtung ihres Blicks auf.

"Eigentlich mag ich es auch matschig. Du musst nicht immer hart mit mir sein, solange du nackt bist."

"Was ist, wenn ich hart werde?" fragte er und setzte sich neben sie.

"Noch besser", sagte er mit einem Lächeln.

Sie ergriff seine Hand und hielt sie fest, während sie den Rest des Films sahen.

Von Zeit zu Zeit schaute Nancy zwischen ihre Beine und lächelte.

Nach dem Film stand er auf und streckte sich.

Bob bewunderte seinen geschmeidigen Körper, als er die Knicke durcharbeitete, die er fühlte.

"Also werde ich wohl nach Hause gehen und wichsen, bevor mein Freund anruft."

"Das ist heiß", sagte Bob und fühlte ein Kribbeln zwischen seinen Beinen.

Er zog geistesabwesend an seinem Schwanz.

"Jetzt sei nicht hart oder du musst mir noch eine Show geben."

"Eigentlich versuche ich es nicht", gab er mit einem kleinen Lächeln zu.

"Scheiße, lass mich dich einmal küssen, bevor ich gehe, okay?"

"Sicher", sagte er und erwartete einen kleinen Abschiedskuss.

Stattdessen schlang sie ihre Arme um seinen Hals und gab ihm einen tiefen, seelenvollen Kuss.

Er war wieder halb hart, als sie sich zurückzog.

"Es ist gut zu wissen, dass meine Küsse das für dich tun können."

"Du bist manchmal eine echte Schlampe", sagte er mit einem breiten Lächeln und rieb seine halbharte Erektion, um daraus etwas anderes zu machen.

"Pass auf", sagte sie und sah ihn an. "Oder ich muss bleiben und zuschauen."

"Geh weg", sagte er zu ihr und ging zu ihrer Haustür.

Er versteckte sich hinter der Tür, als er sie öffnete.

"Habe Spaß."

"Oh, das werde ich", sagte sie und gab ihm einen weiteren Kuss, bevor sie zu ihrem Auto ging.

Der Gedanke an Nancy, nach Hause zu gehen, um zu wichsen, gab Bob Grund genug, wieder hart zu werden, aber anstatt etwas dagegen zu unternehmen, genoss er das Gefühl, nackt und hart zu sein.

Sich mit einer Erektion schlafen zu legen, fühlte sich seltsam frustrierend und befriedigend zugleich an.

Frustrierend, weil er sich nach der Erleichterung sehnte, die er sich selbst verweigerte.

Befriedigend, weil er wusste, warum es schwer war.

Dieses Spiel mit Nancy hatte ihn sehr hart gemacht und wenn er seinen Zustand mit ihr teilte, würde sie es sicherlich schätzen.

KAPITEL 17

Eine weitere Arbeitswoche begann bei seiner regulären Arbeit.

Bob kroch aus dem Bett, ging zur Arbeit und schenkte seinem Chef etwa acht Stunden lang seine volle Aufmerksamkeit.

Dann waren die Nachmittage ruhig.

Er und Nancy tauschten einige Textnachrichten aus.

Er hat auch andere Freunde getroffen.

Später am Abend kämpfte er online mit seinen Freunden in der virtuellen Welt.

Die größte Veränderung in seinem Leben war die Zeit, die er nackt zu Hause verbrachte.

Sie kümmerte sich nicht um ihre Kleidung, bis es Zeit war, das Haus zu verlassen.

Am Montag und Dienstag duschte er nach dem Joggen und war nackt.

Die andere Veränderung war, dass sie sich nicht schuldig fühlte, wenn ihr der Gedanke an Nancy einfiel, während sie masturbierte.

Am Mittwochabend luden sie ihn zu einem "Labor Day" -Drink mit Nancy, Any und Julia ein.

Gegen sein besseres Urteilsvermögen ging er zu ihnen, um ein Bier zu trinken, das er mehr als eine Stunde lang trinken konnte.

Er befürchtete, Julia hätte neulich den falschen Eindruck bekommen.

Als er dieselbe Bar wie gestern Abend betrat, stieß er auf eine ähnliche Szene.

Julia und Any saßen zusammen, während Chris eine unglücklich aussehende Nancy an der Bar umwarb.

Julias Gesicht leuchtete auf, sobald sie Bob sah.

Scheiße, dachte er und machte einen Schritt, um sich Any auf ihrer Seite des Standes anzuschließen.

"War es etwas, was ich gesagt habe?" Fragte Julia enttäuscht, dass er ihr gegenüber saß.

"Nein. Es ist nur so, dass du mich das letzte Mal mit scharfen Gegenständen angegriffen hast", sagte er und hoffte, dass der Witz seine Enttäuschung lindern würde.

"Also ist es wirklich passiert!" Jeder rief aus.

Julia sah überrascht aus.

"Glaubst du, er hat es erfunden?"

"Nun nein, aber ich wusste es nicht", sagte jeder und versuchte sich zurückzuziehen. "Hast du Nancy wirklich zuschauen lassen?"

"Ich hatte nicht viele andere Möglichkeiten", sagte er und bestellte das einzige Bier, das er an diesem Abend haben würde. "Und tu nicht so, als wärst du so unschuldig."

"Nun, wir hätten einen Plan machen können, als wir im Badezimmer waren", sagte Any lächelnd und nahm einen Schluck von ihrem Bier.

"Für die Aufzeichnung ist nichts passiert", verkündete Julia.

"Ich würde nennen, was mit mir passiert ist", sagte Bob und bekam ein Lächeln von beiden Frauen.

Er erkannte, dass Any trank und fragte sie danach.

"Nancy ist an der Reihe, der designierte Fahrer zu sein."

Er erregte Nancys Aufmerksamkeit und winkte ihr zu, falls sie seine Ankunft nicht bemerkt hatte.

"Muss einer von uns sie vor Chris retten?"

"Vielleicht", sagte Julia und sah besorgt aus. "Er ist wirklich stärker geworden durch die Routine 'Ich bin für dich da'."

"Ist das dein Handy?" Fragte Bob und spionierte ein Telefon aus, das vor ihm stand und wie sein eigenes aussah.

Sie nickten.

"Jetzt komme ich zurück", sagte er.

Er ging die Bar hoch, stand direkt hinter Nancy, begrüßte den Barkeeper und bestellte Getränke für Julia und Any.

Als der Kellner sich umdrehte, tat er so, als hätte er gerade bemerkt, dass Nancy neben ihm stand.

"Hallo du!" er sagte.

"Hallo du!" Sagte Nancy, drehte sich um und sah ihn an.

Sie schien erleichtert, ihn zu sehen.

"Du bist zurückgekommen, um mehr zu bekommen!"

"Nun, Julia und ich haben uns neulich gut verstanden", sagte er zu Chris 'Gunsten.

"Ja, sie redet immer über dich", sagte Nancy.

"Oh übrigens, ich denke du hast ein paar Texte von Andy verpasst. Jeder sagte, dein Telefon sei ausgeflippt."

"Danke", sagte Nancy. "Wir reden später", sagte er zu Chris, eilte zum Tisch und ließ Bob auf den Kellner warten.

"Denkst du, du bist schlau, weil du sie neulich Nacht nach Hause gebracht hast?" Fragte Chris.

"Nein, ich denke, ich bin praktisch, weil beide mich lieben", sagte Bob, ließ zwanzig für den Barkeeper auf die Bar fallen und holte die beiden Getränke ab, ohne auf das Wechselgeld zu warten.

Bob erhielt drei "Dankeschöns", als er von der Bar zurückkam.

Jeweils eine von Any und Julia für die Getränke und die dritte von Nancy für die Rettungsmission.

"Drücke weiter, um zu sehen, was ich tun werde, wenn Andy nach Hause kommt."

"Natürlich", sagte Bob.

"Heute Abend hat er versucht, mich davon zu überzeugen, dass ich Andy auf AIDS testen lassen sollte, bevor ich wieder mit ihm geschlafen habe, weißt du, falls das Mädchen nicht sauber war."

"Wow", sagte Any kopfschüttelnd. "Es ist ein echtes Durcheinander, nicht wahr?"

Die Dinge waren in Ordnung, bis Julia Nancy auf ihre Entscheidung drängte und Nancy zögerte, bevor sie antwortete.

"Ich werde wahrscheinlich mit ihm Schluss machen. Ich meine, ich denke, das werde ich tun, aber ich sollte ihm wenigstens zuhören, oder?"

"Er hat dich betrogen", beharrte Julia. "Du schuldest ihm keine Scheiße."

"Das Mädchen sagt, sie will es richtig machen", sagte Any und fügte dem bereits sehr traurigen Lied eine weitere Note hinzu.

"Besser Andy als Chris", sagte Julia. "Chris ist ein Ball opportunistischer Sabber."

Die drei Frauen sprachen die meiste Zeit der nächsten Stunde über Andy und Chris, während Bob still blieb.

Ich musste nicht mehr darüber nachdenken, wie Nancy früher gezögert hatte.

Nachdem sein Bier fast weg war, verabschiedete sich Bob und ging zur Tür.

Er war fast auf dem Weg zu seinem Auto, als er Nancys Stimme hinter sich hörte.

Er überlegte, sie zu ignorieren und sich so zu verhalten, als könne er sie nicht hören, aber nicht.

Langsam drehte er sich um.

"Warum gehst du so schnell?" sie fragte und überquerte den Parkplatz zu ihm.

"Du kennst mich, ich bin ein Leichtgewicht", sagte er und ahmte einen Drink nach. "Eins und ich bin fertig."

"Sind Sie wütend auf mich?"

"Warum sollte er wütend sein?"

"Ich weiß nicht, aber du hast die ganze Nacht kaum etwas gesagt."

Er zuckte mit den Schultern.

Was konnte er sagen?

Dass er wollte, dass sie sich von Andy trennt, damit sie ausgehen können?

"Komm her", sagte er, zog sie näher und schlang seine Arme um sie. "Ich liebe dich."

"Und ich liebe dich auch", sagte sie, umarmte ihn und klang sehr verwirrt.

"Und ich werde immer dein bester Freund sein, was auch immer passiert, okay?"

"Mein Bestes."

"Rufen Sie Andy heute Abend an. Sagen Sie ihm, dass Sie wissen, dass er mit jemand anderem zusammen war. Lassen Sie ihn auch wissen, welche Art von Freund er in Chris hat."

"Aber ich möchte nicht mit ihm telefonieren."

"Ich weiß und nicht. Sag ihm einfach, dass du es weißt und speichere den Rest für den Fall, dass er nach Hause kommt."

"Was ist, wenn er es leugnet?" sie fragte, verwirrt durch seinen Rat.

"Dann wirst du sicher wissen, welche Art von Gespräch du dieses Wochenende mit ihm führen wirst."

"Was ist, wenn er es zugibt?"

"Also weiß ich nicht", sagte Bob. "Es kommt darauf an, ob es eine Nacht war oder nicht."

Nancy sah ihn einen langen Moment an, bevor sie ihn auf den Arm schlug.

"Du gibst beschissene Ratschläge."

"Entschuldigung", sagte er. "Aber ich habe keinen besseren Rat von deinen Freunden gehört."

"Ich liebe dich", sagte sie und schlang ihn wieder in ihre Arme.

Diesmal beinhaltete seine Umarmung einen Kuss.

Obwohl es ein langer Kuss war, enthielt er keine Zunge.

Es war nicht so ein Kuss.

"Geh nach Hause und spiel mit dir für mich."

"Sicher", sagte er und schenkte ihr ein Lächeln ohne seine Augen.

Als er sie mit gesenktem Kopf weggehen sah, sah sie Chris ins Restaurant gehen.

Natürlich war Chris ihr nach draußen gefolgt.

Fick dich, dachte Bob, stieg in sein Auto und fuhr den langen Weg nach Hause in der Hoffnung, sein Kopf würde sich klären.

Es hat nicht.

Gegen elf bekam er einen Text von Nancy,

"Ich habe versucht, Andy anzurufen. Er hat nicht geantwortet. Besser nicht mehr mit diesem Problem. Gute Nacht."

Durch ihre SMS fühlte sich Bob weder besser noch schlechter.

Er schrieb eine Single, "OK", und ging ins Bett.

Der gesegnete Traum kam schnell und vollständig.

KAPITEL 18

Bob genoss seine Donnerstag-Routine mit einer Ausnahme, sein Schamhaar wuchs nach und verursachte ein irritierendes Jucken in seinen Boxershorts.

Er wusste, dass er zwei Möglichkeiten hatte, sich erneut zu rasieren oder sich festzuhalten, bis seine Haare nachwuchsen.

Er war sich nicht sicher, wohin er gehen wollte.

Als er nach Hause kam, war es bereits entschieden.

Anstatt zu rennen, ging er unter die Dusche und kratzte seine privaten Teile.

Nach seiner Dusche sah er, dass er einen Anruf von Nancy verpasst hatte.

Als er sie anrief, machte sie eine seltsame Anfrage:

"Willst du mich heute Nacht bei dir betrinken?"

"Sicher, gleich nachdem du mir gesagt hast warum."

"Ich will nicht", sagte er und Bob wusste die Antwort.

"Andy".

"Letzte Nacht hat er mich um ein Uhr angerufen. Es war ein betrunkener Anruf, aber er hat mir alles erzählt. Er hat mir erzählt, wie er ein anderes Mädchen gesehen hat, dass es ein Unfall war und dass er sie nicht geliebt hat."

"Nun, das ist nicht bequem."

"Was bedeutet das?" Fragte Nancy.

Bob seufzte.

Es hat nichts ausgemacht.

Er hatte es nie getan, aber er würde sich trotzdem die Zeit nehmen, es zu erklären, denn das tun Freunde für Freunde.

"Hm, in der gleichen Nacht, in der Chris sieht, wie wir uns auf dem Parkplatz küssen, ruft er betrunken an und schüttet sein Herz aus. Warst du überrascht, dass du geantwortet hast?"

"Ein bisschen", bestätigte sie verwirrt. "Aber es war zu spät."

"Spät, aber zu Hause, spät genug, um zu wissen, ob du die Nacht draußen verbracht hast oder nicht."

"Spät genug, um wirklich betrunken zu sein. Es war Tag der Arbeit."

"Nancy, ich habe dich beobachtet. Chris hat uns auf dem Parkplatz gesehen, ihm davon erzählt und sich Sorgen gemacht, dass die Muschi zu Hause auf ihn wartet."

"Also warum hast du mir von diesem anderen Mädchen erzählt?"

"Chris hat ihm wahrscheinlich gesagt, dass du denkst, dass etwas los ist. Hast du Andy gesagt, was für einen Freund er in Chris hat?"

"Nachdem er gestanden hatte, fühlte sich das nicht wichtig an", erklärte er. "Er hat nach dir gefragt, ob wir noch beste Freunde sind."

"Interessant", sagte er und gab ihr Raum, um Dinge in ihrem eigenen Tempo wieder aufzubauen.

Bob wusste, dass Nancy gerissen war und würde es herausfinden.

"Warte, schlägst du vor, dass Chris versucht, Andy aufzuregen? Das macht keinen Sinn. Andy weiß, dass wir nur Freunde sind."

"Ich weiß und du weißt, aber bekommt Chris es?"

Nancy war still, als sie Bobs Gedanken verarbeitete.

"Er hat geweint", sagte er schließlich. "Andy hat es getan. Nachdem er mir gesagt hat, dass er mich betrogen hat."

"Und er hat dir auch gesagt, wie sehr er dich liebt."

"Ähm, woher wusstest du das?"

"Weil ich ein Mann bin", sagte er.

"Wirst du dich mit mir betrinken?" Sie fragte.

"Wenn ich das mache, wie kommst du nach Hause?"

"Ich werde die Nacht in deinem Haus verbringen", sagte er. "Und ist es okay, wenn Any und Julia auch kommen?"

"Mein Zuhause ist dein Zuhause", sagte er.

Er fühlte sich schlecht für Nancy.

Sie hat es besser verdient als eine Spielerin wie Andy.

Wenn sie einen Abend mit Freunden brauchte, um sich von ihm abzulenken, würde sie das Beste tun, was sie konnte.

Er holte eine Flasche mit dem besten Rum unter seiner Theke hervor und wusste, dass es sein Favorit war.

Er befahl ihr, sie zum Mitnehmen mitzunehmen.

KAPITEL 19

Ihre Freunde kamen mit einer Mischung aus Tequila und Margarita.

Während des Abendessens brachte Nancy ihre Freunde auf den neuesten Stand des Dramas zwischen Andy und Chris.

Es beinhaltete Bobs Meinung, dass Chris versuchte, das glückliche Paar zu trennen.

"Chris 'Fehler ist zu denken, dass Andy eifersüchtig auf mich sein würde", bemerkte Bob. "Andy weiß, dass wir nur Freunde sind. Er mag unsere Freundschaft vielleicht nicht, aber ich bin keine Bedrohung."

"Warum nicht?" Fragte Julia und begann mit ihrer zweiten Margarita. "Du bist süß."

"Wir sind nur Freunde", beharrte Bob und nippte tief an seinem Rum und seiner Cola.

Welchen Unterschied machte es?

Er ging nirgendwo hin, also könnte er genauso gut ehrlich sein.

Er hob sein hohes Glas und schlug einen Toast vor.

"Für Nancys letzten Tag der Freiheit."

Er verbrachte einen Moment mit allen mit seinen Augen auf Nancy, um ihre Reaktion zu beurteilen.

Sie schien sich nicht sicher zu sein, aber schließlich hob sie auch ihr Glas.

"Für die Freiheit!"

Der Schrei hallte noch zweimal wider und alle tranken.

"Also möchte ich wissen, was es braucht, um eine Show zu bekommen", fragte Any.

"Viel mehr davon", sagte er und mischte sich ein anderes Getränk.

Aus vorsichtiger Gewohnheit mischte er es leicht.

"Lass mich dir helfen", sagte Nancy und füllte ihr Getränk mit etwas mehr Rum.

Er starrte sie an.

"Was?" Fragte er und zeigte ein unschuldiges Lächeln. "Vielleicht will ich heute Abend noch eine Show."

"Es wird nicht passieren", murmelte er und nippte jetzt viel härter an dem Getränk.

"Wir werden sehen", sagte Nancy.

Das Quartett stellte sich vor Bobs Fernseher und begann, YouTube-Videos zu erstellen.

Sie benutzten ihre Telefone, um neue Videos in die Warteschlange zu stellen, lachten und schrien manchmal überrascht, wenn sich ein neues Video lohnte.

Je mehr sie tranken, desto aggressiver wurden die Videos und auch die Diskussionen über die Videos.

"Die Leute geben die Masturbation für einen Monat auf", behaupteten die drei Mädchen, sie könnten es niemals tun.

"Als du zum ersten Mal wusstest, dass eine Frau masturbieren kann", ließ sie ihre persönlichen Entdeckungsgeschichten erzählen.

"Okay, jemand pausiert die Videos, ich muss pinkeln", verkündete Julia und taumelte einen halben Schritt, als sie von der Couch aufstand.

"Jemand betrinkt sich", sagte Bob und lachte sie aus.

"Ja, gut, und du musst mehr trinken", sagte Nancy zu ihm, nahm ihr Glas und nahm es mit in die Küche.

Sie gab ihm ein Getränk zurück, das eher nach Rum als nach Rum und Cola schmeckte.

"Trink alles."

"Ja, weil ich meine Show will", sagte jeder und stand für einen Spaziergang ins Badezimmer auf.

Nachdem Julia im Flur mit Any gesprochen hatte, ging sie in die Küche und kehrte mit vier Tequila zurück.

"Wir schießen!" sie kündigte an und reichte sie alle. "Und wir werden weiter schießen, bis Bobbie verrückt wird."

"Ich werde nicht verrückt", sagte Bob.

Er nahm noch einen Schluck von seinem Getränk.

Verdammt, das war stark.

"Ich kann keine Aufnahmen machen", widersprach Any, als sie zurückkam. "Einer von uns muss nüchtern genug bleiben, um fahren zu können."

"Also hat Bob zwei!" Julia bestand darauf und schob den zusätzlichen Schuss auf ihn zu.

"Aber ich will nicht einmal einen", sagte er zu Nancy und bat um ihre Hilfe.

"Schade", sagte sie und hielt ihren Schuss hoch. "Jetzt sei ein Mann, geh hinauf und trink."

Sie machte die Sache noch schlimmer, indem sie ihr Glas hob und einen Toast vorschlug:

"Für die Rasur von Männern!"

"Schlampe", murmelte Bob so laut, dass nur sie es hören konnte und drei von vier von ihnen machten die Aufnahmen.

Da Bob kein Fan von Tequila war, folgte er seinem Drink mit einem kleinen Schluck Rum und Cola.

Das starke Getränk trug wenig dazu bei, das Brennen tief in ihrem Hals zu lindern.

"Noch eine", sagte Nancy und hielt den verbleibenden Schuss hoch.

"Ich hasse dich", sagte er zu ihr und wusste, dass sie nicht beleidigt sein würde.

Er warf das zweite Getränk weg, nahm einen weiteren Schluck Rum und Cola und versprach, sein Getränk mit mehr Cola zu vervollständigen, wenn er aus dem Badezimmer zurückkam.

Er benutzte das Badezimmer in seinem Zimmer und bemerkte, dass er sich an der Wand festhielt, als er vor seiner Toilette stand.

Verdammt, er war betrunkener als beabsichtigt.

Auf dem Weg zurück ins Wohnzimmer vergaß er sein Versprechen, sein Getränk mit mehr Cola zu vervollständigen, und fand Any an seiner Stelle sitzend.

"Du solltest hier sitzen", verkündete Julia und streichelte den leeren Raum zwischen ihr und Nancy auf der Couch.

Als Bob an Julia vorbeikam, sah er Nancy skeptisch an.

Sie übertrieb den unschuldigen Blick, den sie ihm zuwarf.

"Ich werde mich nicht vor dir und deinen Freunden ausziehen", sagte er zu ihr.

"Wenn du hart genug wirst, wirst du", sagte sie, nahm ihr zu starkes Getränk und reichte es ihm.

Arbeitete mit dem Controller und nahm die Video-Warteschlange wieder auf.

Der erste war:

"Masturbation: Männer gegen Frauen", wo eine Frau, die Any sehr ähnlich sah, ihrem Freund sagt, dass sie zu spät kommt, weil sie masturbiert.

Bob nahm einen Schluck von seinem Getränk und versuchte ruhig zu bleiben, selbst nachdem Nancy ihre Hand auf sein Knie gelegt hatte.

"Irgendein Problem?"

"Überhaupt nicht", sagte er kurz bevor er ein größeres Getränk nahm als er brauchte.

Er schob sein Getränk außer Reichweite.

Er trank genug und von der Art, wie Nancy langsam mit ihrer Hand über sein Bein fuhr, konnte er vermuten, dass sie es auch war.

"Du hast keinen Freund?"

Sie ignorierte seinen Kommentar.

"Also habe ich Julia erzählt, wie gut du küssen kannst und jetzt ist sie sehr neugierig."

"Sie weiß es bereits", sagte er zu Nancy, genervt, dass sie ihn so leicht stieß.

"Wow wirklich?" Alle fragten von ihrem vorherigen Platz auf der Couch, dem einzigen Platz, an dem sie alleine in ihrem Wohnzimmer sitzen konnte. "Wirst du die Gelegenheit verpassen, Julia kostenlos zu küssen?"

"Ja, fick dich!" Sagte Julia und drehte sich von einem kriegerischen Betrunkenen zu einem bodenständigen und nicht zu einem sympathischen, übermäßig glücklichen. "Was ist falsch daran mich zu küssen? Ich habe keinen schlechten Atem oder so."

Nancy beugte sich vor und flüsterte ihr ins Ohr:

"Sei vorsichtig, Heuschrecke."

Bob war immer noch in der Lage, schnell zu denken, und versuchte, seinen Einwand zu verbessern, indem er sich der schönen Blondine stellte.

"Wenn wir uns küssen, möchte ich, dass es ein echter Kuss ist", erklärte er. "Nicht, dass es eine Show für deine Freunde wäre."

"Ahhh, bist du nicht das süßeste Ding der Welt?" sie schrie, legte ihre Hand auf seine Gesichtsseite und sah ihn entschuldigend und mitfühlend an.

Bob glaubte, der Bitte erfolgreich ausgewichen zu sein, bis sie sich vorbeugte und ihre Lippen auf seine drückte.

Zuerst küsste Bob sie nicht zurück.

Er akzeptierte ihre Lippen gegen seine auf die gleiche Weise, wie er einen Kuss auf ihre Wange akzeptieren würde, aber das war Julia nicht gut genug.

Sie hörte nicht auf, bis er anfing sie zu küssen.

Trotzdem war das nicht genug für sie.

Sie schob ihre Hand hinter seinen Kopf, drückte sein Gesicht gegen ihr und bestand auf mehr.

Bob hatte das Gefühl, keine andere Wahl zu haben, und gehorchte, bis sich ihre Zungen in einem heftigen und äußerst intensiven Kampf um die Vorherrschaft zwischen ihnen trafen.

Julia trat genug zurück, um anzukündigen:

"Scheiße, das ist gut!"

Dann presste er seine Lippen auf ihre und verlangte mehr.

Bob war zu betrunken, um sich darum zu kümmern, und küsste ihn zurück.

Gab es eine Möglichkeit, Julia zu küssen, die Nancy eifersüchtig machen würde?

Als sie ihren Charme einschaltete und sich mit geschlossenen Augen dem Moment widmete, lief es gut, bis sie spürte, wie Nancys Hand auf ihrem Oberschenkel ruhte.

Bob stöhnte, als Nancy versuchte, die Vorderseite seiner Hose aufzuknöpfen.

Er versuchte Julias Arm wegzuschieben, um Nancy aufzuhalten, aber Julia erlaubte es nicht.

Sobald sie spürte, wie sich sein Arm bewegte, packte sie ihn am Ellbogen und zwang ihn, seinen Arm um sie zu legen.

Sein anderer Arm war zwischen der Rückseite der Couch und ihrem Körper gefangen, nutzlos, um Nancy aufzuhalten.

"Ist es schwer?" er hörte jede Frage.

"Oh ja", lachte Nancy, drückte sich gegen Bobs Rücken und streichelte seinen Nacken, während er ihre Freundin weiter küsste. "So stark, dass ich denke, du musst es uns zeigen."

Wieder stöhnte Bob seinen Einwand.

Sobald er dies tat, stöhnte Julia erneut in seinen Mund, als hätte sie aus Leidenschaft statt aus Panik gestöhnt.

"Entspann dich", flüsterte Nancy in sein Ohr.

Sein Atem fühlte sich warm an ihrem Hals an.

"Wir wollen es wirklich sehen und wer weiß, was passieren wird, wenn Sie es uns zeigen?"

Bob küsste Julia weiter und wusste nicht, was er tun sollte.

"Du weißt, dass du das willst", schnurrte Nancy und zog am Reißverschluss über ihrer Jeans.

Als er spürte, wie Julias Hand seinen flachen Bauch hinunterrutschte, gab er auf und ging mit ihr.

KAPITEL 20

Julia schob ihre Hand in den Bund seiner Boxershorts und streichelte seine Erektion, bevor sie seinen Kuss brach, damit sie sehen konnte, wo er sich berührte.

"Wie leise", sagte er mit einem betrunkenen Quietschen in seiner Stimme.

Als Nancy anfing, an ihrer Hose zu ziehen, hob Bob seinen Hintern von der Couch.

Nancy zog auch seine Boxer aus.

"Was würde Andy denken?" Jeder fragte.

"Scheiß drauf", sagte sie.

"Andy oder Bob?" Jeder fragte mit einem lustvollen Lachen, als Julia Bobs Hemd über ihren Kopf hob.

Schneller als er es gerne gehabt hätte, saß Bob nackt und hart auf seiner Couch zwischen zwei wunderschönen Blondinen, während Any die Brünette ängstlich zwischen seinen Beinen hin- und herschaute.

"Verdammt."

"Ich weiß", sagte Nancy und schlug auf seinen harten Schwanz. "Sie ist hübsch, oder?"

"Ich kann anfassen?" Fragte Julia und suchte sie bereits, bevor Bob eifrig nicken konnte.

Warum lässt du sie nicht berühren?

Ich hatte gehofft, dass mindestens eines dieser Mädchen viel mehr tun wollte, als ihn dort nur zu berühren.

Julia streichelte seine Erektion und mied absichtlich den Teil, an dem sie seine Berührung am meisten fühlen wollte.

Er konzentrierte sich auf das weiche, nackte Fleisch um sein geschwollenes, schmerzendes Glied.

"Das fühlt sich wirklich sexy an."

"So ist es nicht?" Sagte Nancy und streichelte sie auch. "Ich liebe."

"Nun, er sieht verdammt sexy aus", sagte Any von ihrem Stuhl aus. "Es lässt ihn wie einen Pornostar aussehen."

"Fühle es", beharrte Julia.

"Ich kann nicht. Ich habe einen Freund, erinnerst du dich?"

"Auch Nancy und sie berühren ihn."

"Es zählt nicht, wenn du seinen Schwanz nicht berührst", sagte Nancy und drängte Bob aufzustehen. "Mach weiter. Lass sie für sich fühlen."

Langsam begannen Bobs Knie zu zittern.

War es der Alkohol oder die Nacktheit vor den drei Frauen, die seine Knie geschwächt hatten?

Ich war mir nicht sicher.

Vielleicht eine Kombination aus beiden.

Vorsichtig umkreiste er Julia, bis er vor Any stand.

Sein Schwanz pochte.

Er wollte nicht, dass sein Schwanz pochte, außer dass er aufgeregt war und genau das taten aufgeregte Schwänze.

"Ooohh, bist du so glücklich mich zu sehen?" Jeder fragte lachend.

Sehr vorsichtig fuhr er mit einer Hand über ihren Bauch, über ihr Becken und arbeitete langsam näher, bis sie Teile ihrer Anatomie berührte, die zuvor mit Schamhaaren bedeckt waren.

"Verdammt, das fühlt sich gut an, nicht wahr?" Sie sah ihn an und fragte: "Gefällt es dir?"

"Ja."

"Hat Nancy Julia dabei gesehen oder hat sie auch geholfen?" Jeder fragte.

"Sie hat nur zugesehen", sagte er. "Kann ich mich jetzt anziehen?"

"Nein, ich denke du musst so bleiben", sagte Nancy, packte ihre Kleidung und schob sie hinter sich her.

"Ah komm schon", beschwerte er sich und begann sich unwohl zu fühlen. "Ihr hattet schon eure Show."

"Auf keinen Fall Bobbie", sagte Nancy mit einem spielerischen Lächeln. "Jetzt wo du nackt bist, musst du so bleiben."

"Ich mag es", sagte ihm jeder und tätschelte seinen Hintern. "Ich denke auch, dass du so bleiben solltest."

"Er ist so verdammt sexy", sagte Julia zu Nancy, als wäre Bob nicht da. "Ich liebe seine Muskeln."

"Du weißt, ich kann dich richtig hören?" Fragte Bob und ging an ihr vorbei, um sich wieder zu setzen.

Vielleicht würde er sich nicht so nackt fühlen, wenn er sich hinsetzte und seine Beine kreuzte oder so etwas.

Mit den beiden Mädchen, die zu beiden Seiten von ihm saßen und seine Beine kreuzten, verbarg nichts seinen Schwanz vor seiner Sicht.

Bob gab auf, streckte seine langen Beine aus, schlug die Füße an den Knöcheln und legte die Hände auf den Kopf.

Gespleißt.

Wenn er es nicht verstecken konnte, konnte er es zur Schau stellen.

"Würde es dir etwas ausmachen, mir noch einen Drink zu mixen?" Fragte Nancy und reichte ihm ein fast leeres Glas.

"Ich denke du solltest meine trinken", schlug er vor.

"Deiner ist meistens Rum. Ich möchte, dass meiner näher an der Hälfte ist", sagte er.

"Dann solltest du es wahrscheinlich selbst tun", sagte Bob und wollte nicht hart und nackt vor den drei Mädchen umziehen.

"Bitte?" sie gurrte und verzog das Gesicht.

Wieder hörte Bob auf zu streiten.

Er nahm sein Glas an, stand auf und ging in die Küche. Er ignorierte das Gefühl von drei Augenpaaren, die ihn nackt laufen sahen.

"Schade, dass YouTube keinen Porno hat", sagte jeder aus dem Wohnzimmer. "Es könnte Spaß machen zu sehen, was passiert, wenn er zu aufgeregt ist."

"Hmm, ich denke, ich kann das beheben", schlug Nancy vor, nahm ihren Gaming-System-Controller und öffnete ein Konsolenbrowser-Fenster.

"Hallo", rief sie ihn. "Was für einen Porno schaust du dir gerne an?"

"Ich schaue keinen Porno", log er und brachte ihr sein volles Glas zurück.

Nach seinen Anweisungen hatte er es halb und halb gemischt.

"Scheiße", sagte Nancy und ging zu einer Pornoseite.

Zum Glück wählte sie eine, die sie nicht in ihren Favoriten gespeichert hatte.

"Wofür sind wir, meine Damen?"

"Sehen Sie, ob Sie ein Video von Gang-Bang finden können, ich liebe es, sie zu sehen", kreischte Julia, ohne zu merken, was sie über sich preisgegeben hatte.

"Bizarr", sagte Nancy und klickte durch die Menüs, als hätte sie verstanden, wie die kostenlose Pornoseite funktioniert.

"Vielleicht sind Gruppen eine bessere Option. Bob mag es vielleicht, nackte Frauen zu sehen."

Sie klickte auf ein zufälliges Video von einem Gruppenfickfestival.

"Es ist okay für mich", sagte Julia, als Bob wieder an ihr vorbei glitt.

Sie wartete, bis er sich setzte, bevor sie verkündete:

"Ich denke, du solltest mehr Getränke machen. Möchtest du auch den Tequila?"

"Ich brauche keine Getränke", sagte er, der nicht daran interessiert war, ein zweites Mal vorzuführen.

"Bitte?" sie fragte und flehte ihn auf die gleiche Weise an, wie Nancy es getan hatte.

Bob seufzte, stand auf und spürte die Blicke der drei Frauen auf seinem Körper, als wären sie Ärzte.

Er kam mit der Flasche zurück und stellte fest, dass auch sie darauf wartete, dass er die Gläser nachfüllte.

Er füllte drei von ihnen.

"Für nackte Männer und ihre Erektionen", schlug Nancy als Toast vor.

Bob schob es sich trotzdem in die Kehle, gefolgt von einem kleinen Schluck Rum und Cola.

Er hatte sein Limit überschritten.

Er war offiziell betrunken.

KAPITEL 21

"Bob, würdest du süß sein und meine Cola auffrischen?" Jeder fragte mit einem großen lustvollen Lächeln, als sie ihr Glas hielt und direkt auf seinen harten Schwanz schaute.

"Ja, Ma'am", sagte er. "Soll ich auch einen Teebeutel hineinstecken?"

"Warte, was bedeutet das?" Fragte er und sah sich im Raum nach Hilfe um.

"Dort steckt dir ein Kerl die Eier in den Mund", erklärte Julia.

"Er kann seine Eier nicht in meinen Mund stecken", sagte jeder überrascht. "Ich habe einen Freund!"

"Nein, aber er könnte einen Teebeutel in dein Glas stecken, meinte er." Sagte Julia und zeigte ein überraschendes Verständnis des Slangbegriffs.

"Sehen Sie so, zumindest würde ich Ihrem Getränk keine Schamhaare hinzufügen", fügte Nancy hinzu und lachte zu viel über die Diskussion.

"Dein Getränk", sagte Bob und kehrte mit seinem vollen Glas zurück. "Keine Teebeutel."

"Du könntest einen Teebeutel mit meinem Getränk füllen, wenn du willst", sagte Julia und reichte ihm ihre fast volle Margarita mit ihrem völlig salzigen Rand.

"Tu es!" Jeder feuerte sie an, als hätte sie getrunken. "Du traust dich ja nicht!"

"Und dann werde ich es trinken", sagte Julia und schob ihr Glas über den Kaffeetisch zu ihm.

"Ja, und ich wette, sie wird auch deine Eier lecken", schlug Nancy vor.

Bob schüttelte den Kopf und sah die drei Mädchen an, die ihn anstarrten.

"Ich bin zu betrunken, um zu wissen, ob er scherzt oder nicht."

"Ich auch", sagte Julia.

"Oh, mach es einfach", fügte jeder hinzu und da sie die einzige nüchterne in der Gruppe war, akzeptierte Bob das als Beweis dafür, dass er es sollte.

Er ging um seinen Couchtisch herum, vorbei an Any, der direkt auf seinen harten Schwanz starrte, als wäre es das Faszinierendste, was sie jemals gesehen hatte.

Er blieb stehen, als er die Ecke des Sofas erreichte.

"Teebeutel", sagte sie und stand mit den Händen in den Hüften.

"Warte, ich muss das dokumentieren", sagte Nancy und griff nach ihrem Handy.

"Ich werde es nur tun, wenn du es auch tust!" Sagte Julia.

"Sicher", stimmte Nancy zu, hielt ihr Handy hoch und nickte, damit sie weitermachen konnten.

Bob versteifte sich noch mehr als zuvor.

Er hielt seinen Körper ruhig, während sein harter, stolzer Schwanz ebenfalls im Mittelpunkt stand.

Er sah zu, wie Julia ihr Glas hob und das kalte Glas gegen ihre Schenkel drückte, bis ihre baumelnden Eier in ihre Margarita fielen.

"Das ist wirklich kalt", sagte er und kämpfte gegen einen Schauer.

"Ich denke, etwas Salz ist um dich herum gefallen", sagte Julia lachend.

Sie machte eine Show, indem sie einen Schluck aus ihrem Glas nahm, nachdem ihr Teebeutel ihr Getränk abgestellt hatte, und dann beide Hände in die Hüften stemmte.

Sie zog ihn vor sich und begann zu lecken, zu küssen und am Ballsack zu saugen, als sein harter Schwanz eifrig gegen ihre Stirn pochte.

"Ist dir noch kalt?" fragte sie, zog sich zurück und sah ihn an.

"Nein, nicht im geringsten", sagte er, als sein Schwanz anerkennend pochte.

"Okay, jetzt bist du dran", sagte sie zu Nancy und schob Bob zu sich.

Dann tat Nancy, selbst betrunken, etwas sehr Kluges.

"Okay", sagte er, gab sein Handy an Julia weiter und stellte sicher, dass die belasteten Fotos nur auf seinem Handy blieben.

"Stellen Sie einfach sicher, dass Sie es im Querformat halten, okay?"

"Sehr klug", sagte er und sah sie mit einem großen Lächeln an.

"Und sexy", sagte sie lachend.

Sie hielt ihr Glas gegen seine Eier und bewegte es auf und ab, bis ihre Hängetasche feucht und mit ihrem Getränk gekühlt war, bevor sie einen schnellen Schluck nahm.

Mit einer Mischung aus Rum und Cola, die von ihren Männern tropfte, drückte Nancy ihr Gesicht gegen seinen Schritt und badete eifrig seine Eier mit ihrer Zunge.

"In gewisser Weise glaube ich nicht, dass Andy das gutheißen würde", sagte Any.

"Wahrscheinlich nicht", sagte Nancy. "Also ich denke es ist okay wenn ich das auch mache."

Sie leckte seinen Schwanz bis er seinen geschwollenen Kopf erreichte und zog ihn vollständig in ihren Mund.

Sie bewegte ihren Kopf mehrmals auf und ab, als ihre Freunde sie anfeuerten.

Schließlich zog sie sich zurück, lächelte ihn an und sagte:

"Siehst du? Ich habe dir gesagt, es würde Spaß machen, nackt zu werden."

"Außer du hast aufgehört", beschwerte er sich.

"Habe ich aufgehört oder habe ich nur meinen Teil dazu beigetragen, dich aufzuwärmen?" Fragte er mit einem böswilligen Lächeln.

Sie nahm einen weiteren Schluck von ihrem Getränk und zwinkerte ihm zu.

"Jetzt setz dich und schau dir mit uns Pornos an."

"Warum foltern sie mich so?" fragte er, setzte sich auf und kämpfte damit, wie aufgeregt er sich fühlte.

"Ah, armer Bob", sagte jeder, aber dann lachte sie und zerstörte jegliches Mitgefühl, das sie anbot. "Nackt und hart vor drei Mädchen, die die Show zu schätzen wissen. Was solltest du dagegen tun?"

"Hey Julia?" Fragte Nancy und sah an Bob vorbei zu ihrer Freundin auf der anderen Seite der Couch. "Hast du jemals einen Jungen masturbieren sehen?"

"Niemals im wirklichen Leben", berichtete er und schaute mehr auf seine Männlichkeit als auf das Fernsehen.

Als der Vorschlag hinter Nancys Frage in ihr von Tequila getränktes Gehirn sank, sah sie zu ihm auf.

"Könntest du das machen?"

"Wenn wir ihn genug aufregen, wird er es bestimmt", sagte Nancy und bürgte für ihn.

"Mach ihn an wie?" fragte sie und streichelte leicht die Länge seines harten Schwanzes. "Du magst das?"

"Warte, kann ich das sehen?" Jeder fragte.

"Warum nicht? Du machst nichts", schlug Julia vor.

"Ich denke, es ist nicht anders als Pornos zu schauen", vermutete Any, kreuzte ihre Beine und drehte sich in ihrem überfüllten Stuhl um, um die Show besser sehen zu können.

Verwirrt versuchte Bob herauszufinden, was er tun sollte.

Sollte er masturbieren?

Wenn ja, warum streichelte Julia ihn?

Und warum sah Nancy ihn so an?

Diese letzte Antwort wurde deutlich, als Nancy ihre Hand hinter Bobs Kopf legte und ihn zu sich zog.

"Nach morgen sollte ich das wahrscheinlich nicht mehr tun. Aber bis dahin ..."

Sobald sich ihre Lippen trafen, teilten sich ihre Lippen und sie küssten sich so tief und leidenschaftlich wie möglich, ohne dass ein Publikum zuschaute.

Bob wand sich unter Julias Hand und erkannte, dass sie eine andere Frau war, die ihn berührte und sich nicht darum kümmerte.

Nichts war ihm wichtiger als Nancy zu küssen und ihre Erregung mit jedem Herzschlag zu spüren.

"Jetzt tust du das", sagte Nancy, ging weg und legte Bobs Hand auf seinen Schwanz. "Zeig uns."

"Ich kann das nicht tun", sagte er, als seine Hand begann, sein Mitglied auf und ab zu bewegen.

"Wir wollen, dass du es tust", schnurrte Nancy und fuhr mit ihren Fingern durch ihre kurzen Haare. "Und du bist sehr hart."

"Sie haben mich so ausgedrückt."

"Dann zeig mir. Zeig es uns allen. "

"Das ist verrückt", sagte er, als er seinen Kopf betrunken drehte und nicht verstehen konnte, ob das, was er tat, richtig oder falsch war.

"Nein, es ist höllisch sexy", korrigierte jeder, von dem aus sie saß.

"Tu es", trainierte Nancy und ergriff sanft seine rasierten Eier.

"Scheiße, das ist heiß", schnurrte Julia und trat an seine Seite.

Er warf einen Blick auf die schöne Blondine und fing sie mit einer Hand zwischen ihren Schenkeln auf.

"Küss mich", sagte er zu ihr und sie tat es.

Seine Küsse waren nicht so süß wie die von Nancy, aber sie waren eifrig.

Er schlug seine Zunge mit ihrer, genoss ihr kleines Stöhnen und wie sie sich mit dem gleichen Bedürfnis krümmte, das er fühlte.

"Du wirst mich kommen lassen", warnte er.

"Tu es", sagten Julia und Nancy gleichzeitig.

Beide Frauen hingen an seinen Schultern und sahen zu, wie er an seinem harten, geschwollenen Schwanz zog, um ihn mit Schmerzen und Not loszulassen.

Wie schon beim ersten Mal, als er Nancy eine Show gegeben hatte, kam er mit solcher Kraft, dass er Sperma so hoch wie ihre Brustwarzen schoss.

"Mein Gott!" Jeder jubelte, als Julia sich zurückzog, als wäre sie in der Schusslinie.

"Weiter", überredete Nancy, packte seine nackten Eier, melkte ihn und ermutigte ihn, all seine aufgestauten Frustrationen loszulassen.

Und Strom nach cremeweißem Strom ihrer Ejakulation sprühte von der Brust bis zum Bauchnabel und darüber hinaus gegen ihn, bis er verschwunden war.

Er schauderte, fühlte sich zufrieden und schämte sich.

"Das war so heiß!" Julia stöhnte und klang, als hätte auch sie einen Orgasmus.

Sie küsste seine Wange und drehte ihren Kopf zu seiner Schulter. Sie beobachtete, wie Nancy einen Finger durch ihr Sperma über ihre Brust und ihren Bauch fuhr.

"Mach es nochmal."

"Ähm, nein", sagte jeder verwirrt. "Ich denke es ist Zeit zu gehen."

"Aber die Dinge werden interessant", schmollte Julia.

"Nein, die Dinge werden außer Kontrolle geraten, wenn wir nicht gehen", beharrte Any, stand auf und hob ihre Tasche auf.

"Wenn du bleibst, können wir ihn wetten, dass er es wieder tut", sagte Nancy und stopfte ihren milchbedeckten Finger in ihren Mund, als würde sie an Eis nippen.

"Nein, im Ernst, es wird spät", beharrte jeder und starrte immer noch auf Bobs Schwanz. "Und wenn ich ihn so sehe, möchte ich Dinge tun, von denen ich weiß, dass ich sie nicht tun kann."

KAPITEL 22

Als Julia fragte, ob sie bleiben könne, tauschten sie einen Blick zwischen Nancy und Any aus, die Bob für wichtig hielt.

Wenn er nicht so betrunken und leicht benommen von seinem Orgasmus gewesen wäre, hätte er sicher die Bedeutung hinter diesem wissenden Blick herausgefunden.

Stattdessen war er auch überrascht, als Nancy aufstand und sagte:

"Jeder ist richtig. Es ist fast Mitternacht."

Julia sah verwirrt aus und stand ebenfalls auf.

Sie griff nach ihrer Tasche und fiel fast hin.

"Wow", sagte sie, lachte und akzeptierte Any's Umarmung.

"Was ist mit dir, Nancy? Wie kommst du nach Hause?"

"Ich verbringe die Nacht hier", sagte Nancy und führte sie zur Tür. "Im Gästezimmer."

"Uh-huh", sagte jeder mit einem wissenden Lächeln.

"Ich schwöre", beharrte Nancy und blieb an der offenen Tür stehen, bis sie sicher war, dass ihre Freunde weg waren.

Er drehte sich um, lehnte sich gegen die geschlossene Tür und lächelte Bob an.

"Du bist gerade der sexieste Mann geworden, den ich je getroffen habe."

"Danke", sagte er, stand auf und schaute auf seine Kleidung.

Sie sollten wirklich aufgeräumt werden, bevor Sie sich wieder anziehen.

"Wagen Sie es nicht", sagte Nancy. "Du darfst dich nicht anziehen."

Er sah sie an, immer noch verwirrt und wünschte, er wäre nicht so betrunken.

"Kommen sie zurück?"

"Nein", sagte er und ließ schließlich den Türknauf los. "Es sind nur wir. Ich werde dir beim Aufräumen helfen, wenn du willst."

"Okay", sagte er und fühlte sich immer noch in Dummheit gefangen, als sie anfing, Schnapsgläser zu greifen und sie in die Küche zu tragen.

Langsam erkannte er die Art der Reinigung, die sie meinte.

"Ist es okay, wenn ich schnell dusche?"

"Solange du nackt bleibst."

"Warum sollte nicht?" er fragte, was als Witz bedeutete. "Ich möchte meine Kleidung nicht nass machen."

"Mm, ich denke nicht, dass du dir darüber Sorgen machen solltest, während ich hier bin", sagte er und gab ihr einen kurzen Kuss auf die Wange, bevor er den Rest der Brille packte.

Bob fühlte sich schuldig wegen der Reinigung, die Nancy für ihn machte.

Ihre Dusche dauerte so lange, bis das Sperma aus ihrem Körper gespült war.

Das Wasser, das auf sein Gesicht spritzte, beruhigte ihn auch ein bisschen.

Immer noch nackt fand er Nancy in der Küche, die Gläser wusch und ihre Spülmaschine lud.

Sie trocknete ihre Hände, stieg in seine Arme und küsste ihn tief.

"Wofür war das?" fragte er und fragte sich, ob er eine zweite Dusche brauchte, um ihn noch mehr zu nüchtern.

"Weil du die beste Freundin bist, die sich ein Mädchen wünschen kann und ich dich liebe."

"Ich liebe dich auch", sagte er und weigerte sich, über seine Wortwahl nachzudenken.

Nancy war auch betrunken, oder?

Sie führte ihn zurück zur Couch, wo sein Getränk noch auf seinem Kaffeetisch lag.

Er erkannte, dass sein Getränk fast voll war.

"Hast du so lange getrunken wie ich?"

"Wahrscheinlich nicht", sagte er und nahm einen kleinen Schluck aus seinem Glas. "Es braucht mehr als ein paar Schüsse Tequila, um mich runter zu bringen." Ohne zu fragen, kuschelte sie sich an ihn, gab ihm einen weiteren Kuss und tastete zwischen seinen Beinen. "Glaubst du, du kannst sie heute Nacht wieder hart machen?"

"Wahrscheinlich", sagte sie und spürte bereits die notwendigen Veränderungen zwischen ihren Beinen.

Er mochte die Art, wie sich ihre kleine Hand auf seinem Schwanz anfühlte.

"Gut, weil ich es nicht alleine machen will", sagte sie und küsste ihn erneut und sie küssten sich weiter, bis er ganz hart war. "Wie betrunken bist du?"

"Warum?"

"Weil du lustig bist, wenn du betrunken bist."

Sie reichte ihm ihr Getränk und nickte, damit er einen Schluck nahm.

"Mehr", beharrte sie.

Sie nahm einen tieferen Schluck von der halb und halb Mischung, die er für sie gemacht hatte.

Sie streichelte seine Erektion.

"Ist es okay, wenn ich das weiter mache?"

Er nickte mit dem Kopf. ""

Okay, jetzt trink noch was. "

"Wenn ich mehr trinke, werde ich ohnmächtig", warnte er, bevor er seinen Anweisungen folgte.

Er versuchte ihr das Glas zurückzugeben.

Sie akzeptierte es, aber anstatt es zu trinken, stellte sie es wieder auf den Tisch.

"Ich weiß, dass ich wirklich dumm werde, wenn ich mich betrinke", sagte er.

Es fühlte sich an, als wäre ihre Zunge zu dick für ihren Mund, zu dick oder zu faul, um jedes Wort auszusprechen.

"Ich weiß, und du erinnerst dich normalerweise nicht an viel am nächsten Morgen."

"Einige Dinge", beharrte er, obwohl es einfacher war zu akzeptieren, was sie als wahr sagte.

"Aber nicht alles", sagte er mit einem Lächeln.

Sie küsste ihn erneut und das gefiel ihm.

Er mochte die Art, wie er sie küsste.

"Es macht Spaß, nackt und hart um dich herum zu sein."

"Warum?"

"Weil ich weiß, dass du noch einen Freund hast und ich es nicht bin."

"Du willst mein Freund sein?"

Als Bob nickte, fühlte es sich an, als würde der ganze Raum ihm zustimmen.

Er hielt seinen Kopf sehr ruhig.

Zu viel Bewegung war im Moment keine gute Idee.

"Du bist so wunderschön."

"Und du bist wirklich betrunken", sagte sie und lachte ihn aus.

"Du hast mich so ausgedrückt. Und du hast mich auch ausgezogen. Das ist ein lustiges Wort, nicht wahr? Nackt. Ich mag es, nackt vor dir zu sein."

"Erinnerst du dich an das erste Mal, als du vor mir verrückt geworden bist?"

"Uh-huh", sagte er. "Letzte Woche, als wir Dinge getan haben, die wir nicht tun sollten."

"Das war nicht das erste Mal", sagte er und rieb immer noch seinen harten Schwanz.

Er beugte sich vor und küsste sich erneut.

"Erinnerst du dich nicht an deine Arbeitsgruppe vor zwei Jahren? Die, die ich dich nach Hause bringen musste, weil du zu betrunken warst."

"Da hast du gesagt, dass jeder, mit dem ich ausgehe, eine Brille trägt."

"Ja, du warst in dieser Nacht wirklich betrunken. Woran erinnerst du dich noch?"

"Ich wollte Pfannkuchen", sagte er, sicher, dass es die Wahrheit war.

"Ich musste dich fast in dein Zimmer bringen."

"Du bist wirklich stark."

"Nachdem ich dich aufs Bett gelegt habe, habe ich dir beim Ausziehen geholfen, erinnerst du dich?"

"Nein", sagte er, sicher, dass er sich daran erinnern würde, wie sie ihn gekuschelt hatte.

"Als ich deine Hose ausgezogen habe, habe ich auch versehentlich deine Unterwäsche ausgezogen."

"Böse", sagte er gedehnt.

"Ich schwöre, es war ein Unfall", beharrte Nancy.

Bob hat nicht mit ihr gestritten.

Das Streiten erforderte zu viel Fokus.

"Aber ich habe dich nackt gesehen und es hat mir sehr gut gefallen."

"Ich mag es, für dich nackt zu sein", sagte er.

Sie lächelte.

"Du hast gedacht, es hat Spaß gemacht, dass ich dich nackt sehen konnte und du wolltest hart für mich werden."

"Nein", sagte er und konnte sich keine Welt vorstellen, in der er sich nackt ausziehen und vor Nancy versteifen würde.

"Und du bist hart geworden", sagte sie und gab ihm einen Kuss. "Wirklich hart." Sie gab ihm einen weiteren Kuss, bevor sie fragte: "Und erinnerst du dich, was als nächstes geschah?"

Er schüttelte den Kopf.

"Ich habe meinen Mund auf sie gesenkt."

"Du hast es geschafft?" fragte er überrascht und aufgeregt über die Idee, dass Nancy ihm einen Blowjob geben würde.

"Ja, ich habe dich bis zum Ende gelutscht und du hast dich nie daran erinnert."

"Das ist nicht richtig", sagte er, fand seine Erektion zwischen ihren Beinen und zog daran. "Manchmal stelle ich mir vor, dass du das tust, wenn ich masturbiere."

"Ich werde es jetzt tun", sagte er. "Aber du kannst es niemandem erzählen."

"Nein Andy!"

"Uh-huh, nicht Andy oder Julia oder irgendjemand oder irgendjemand."

"Ich denke Julia mag mich."

"Ich denke Julia ist eine verrückte Hure, die viele verschiedene Männer fickt, wenn sie betrunken ist."

"Ja!" Bob stimmte tatsächlich ohne Grundlage zu, aber wenn Nancy sagte, dass es wahr sei, wäre es wahr. "Das bist du aber nicht. Du fickst nie mit deinen Freunden."

"Manchmal schon", sagte er. "Wie heute Nacht."

Sie küsste seine Lippen, bevor ihm etwas einfiel, was er sagen konnte.

Dann küsste sie seine Brust und seinen Bauch und Bob fand es wirklich gut, dass er nackt war, weil er nicht wollte, dass er aufhörte.

Und Nancy tat es nicht.

KAPITEL 23

Sie rutschte vor ihm zwischen seinen gespreizten Knien zu Boden und bewunderte einen Moment lang seinen erigierten Penis und das weiche Fleisch, das ihn umgab.

Sie wiegte seinen Schwanz in ihren Händen, als wäre er für sie genauso kostbar wie für ihn.

"Als wir am vergangenen Wochenende spielten, konnte ich nur an den Moment denken, als ich dir einen Blowjob gab und du zu betrunken warst, um dich zu erinnern. Ich hätte es dir fast gesagt, außer ich konnte es nicht."

Sie ersetzte seine Hände durch ihren Mund, zog ihn tief zwischen ihre Lippen und arbeitete sich langsam wieder nach oben.

"Das ist etwas, was ich gerne mache."

Sie wiederholte die Bewegung.

"Ich liebe es, einen langen, harten Schwanz in meinem Mund zu spüren."

Noch langsamer wiederholte er die Bewegung noch einmal.

"Es ist meine Lieblingsart von Pornos, wenn ich masturbiere, und es ist auch meine sexuelle Lieblingsaktivität."

Sie wickelte seinen Schwanz herum und bewegte ihren Kopf mehrmals schnell hintereinander auf und ab, bevor sie wieder anhielt, um die Essenz seiner Männlichkeit zu bewundern.

"Das fühlt sich so gut an", knurrte Bob, überzeugt, dass er schlief und träumte, denn nur mitten in einem intensiven Traum zu sein könnte erklären, wie er sich fühlte.

"Fühle das", sagte sie, bevor sie ihren Mund wieder um ihn schlang.

Sie hielt ihn in ihrem Mund, legte ihre Zunge gegen die Unterseite seines Mitglieds und hielt ihn lange Zeit in ihrem warmen, feuchten Mund, bevor sie sich zurückzog.

"Ich fühlte jeden Schlag, den deine Erektion verursachte. Es ist, als könnte ich deinen Herzschlag fühlen."

"Du machst mich so hart", sagte er und konnte keine eleganteren Worte finden, um seine Handlungen zu ehren.

"Und wie geht es dir rasiert, ich kann das tun", sagte er und streichelte erneut seine Eier.

Er zog sanft jeden Ball in seinen Mund und streichelte ihn mit seiner Zunge, bevor er ihn losließ.

"Ich kann es nur tun, wenn der Mann sich rasiert, weil all diese Haare für mich eklig aussehen."

"Ich bin rasiert."

"Ich weiß", sagte sie und lächelte ihn an, bevor sie ihn erkundete und mit ihm spielte.

Manchmal, wenn sie sich küssten, fühlte sich Bob im Moment verloren.

Er konnte nicht sagen, ob ihre Lippen für eine Sekunde oder Stunden zusammengepresst waren, nachdem er fertig war.

So fühlte sich auch ihr Blowjob an.

Haben Sie Stunden auf den Knien verbracht oder nur Momente?

Er konnte nicht sicher sein.

Manchmal wusste er, dass sie ihn neckte und ihn absichtlich so nahe an einem Orgasmus weckte, dass er Precum leckte.

Dann konzentrierte sie sich woanders, bis er sich so beruhigt hatte, dass sie wieder spielen konnte.

Immer wieder neckte sie ihn bis an den Rand eines Orgasmus, bevor sie wegging.

"Es tut weh", sagte er und versuchte zu erklären, wie aufgeregt er sich fühlte.

Sein nasser, glitzernder Schwanz kämpfte um die Freilassung, die sie ihm verweigerte.

"Ich kann nicht glauben, dass ich dich nicht vor Any und Julia gelutscht habe", sagte sie, stand auf und zog ihre Hose aus.

Betäubt starrte er sie an und bewegte sich frei von ihren Hosen und Höschen.

Er sah ihre Muschi und bemerkte, wie sie wie er rasiert war.

Er versuchte nach ihr zu greifen, aber sie schob ihre Hände weg.

"Bitte?"

"Nein", sagte sie und legte ihre Finger zwischen die nackten Falten ihrer Muschi. "Du kannst nicht anfassen, aber ich möchte auch kommen. Ich möchte dich ansehen und einen Orgasmus haben, okay?"

"Okay", sagte er und wollte, dass sie ihn noch mehr lutschte.

Ich war so hart und bedürftig.

Würde er es so lassen?

Er spürte, wie sein Schwanz pochte und sah einen weiteren Tropfen Precum aus dem Riss in seinem Schwanz sickern und fühlte, wie er wie ein Tropfen warmes Wasser über seine Länge lief.

Nancy war vor ihm auf den Knien.

Ihre Augen waren auf seinen harten Schwanz gerichtet, als sie ihre Muschi rieb.

Ich konnte die nassen Geräusche seiner Finger hören, die an ihrem Kitzler arbeiteten.

Er wünschte, er könnte sie dabei sehen.

Er wünschte, er könnte helfen.

Er wünschte, er könnte es für sie tun.

"Komm nicht", sagte er zu ihr, streckte die linke Hand aus, hielt seine Erektion und rieb einen Kreis um die zarte Stelle, die von seiner Beschneidungsnarbe markiert war.

Sie benutzte sein Precum als Gleitmittel und erregte ihn genug, um mehr zu produzieren.

"So nah", stöhnte er und konnte sich nicht vorstellen, dass er mehr brauchte.

Nancy schnappte nach Luft, hielt den Atem an und begann zu stöhnen.

"Gehst du?" Ich frage.

Sie nickte und schnappte weiter nach Luft und stöhnte, als ihr Orgasmus durch ihren Körper schoss, sich an seine Tiefen klammerte und tief in ihr zitterte.

Während ihr Körper noch die Befreiung von fleischlichen Freuden feierte, beugte sie sich vor, nahm seinen Schwanz in ihren Mund und saugte daran.

Sie hob und senkte ihren Kopf in entschlossenen Bewegungen, als ihre Zunge die Unterseite seines Schwanzes peitschte, ihm gefiel und mit ihm spielte, um endlich auch ihre Freilassung anzubieten.

In gewisser Weise fühlte es sich in einer anderen Welt so an, als würde sie ihn küssen, nur sie küsste seinen Schwanz und es war zu viel für ihn, um Widerstand zu leisten.

Er kam und explodierte tief in ihrem Mund in einer langen Reihe von schmerzenden Strahlen, die über seine Brust hinausreichen könnten, wenn sie nicht da gewesen wäre, um ihn in ihrem Mund zu fangen.

"Ja!" sie schrie, hob ihren Rücken von der Couch und schwankte mit dem Nervenkitzel ihres Orgasmus.

Sie wiegte sich hin und her, als sich ihr Magen zusammenzog, entschlossen, den größten Orgasmus, den sie jemals erlebt hatte, aus dem Mund ihrer besten Freundin auszulösen.

Endlich zog sie sich zurück und ließ seinen nassen, aber sehr sauberen Schwanz zurück.

Von ihrem Orgasmus war keine Spur mehr zu sehen.

Lächelnd setzte sie sich auf seinen Schoß und er spürte die Wärme ihrer Muschi nahe an seinem Schwanz.

Der betrunkene Dummkopf in ihm hoffte, dass sie jetzt auch ficken würden.

Stattdessen drückte sie ihren Mund gegen seinen und belohnte ihn mit einem weiteren Kuss.

Bob wollte ihr etwas Romantisches sagen.

Er wollte mehr sagen als "Ich liebe dich", weil diese Worte keine Erwähnung ihrer Freundschaft enthielten.

"Gott, ich mag dich wirklich", sagte er.

"Und wirklich, ich mag dich wirklich betrunken", sagte sie und strich mit ihren Lippen über seine, so wie Freunde sich auf die Lippen küssen könnten.

Sie sprang von seinem Schoß, streckte die Hände aus und half ihm von der Couch.

"Jetzt geh ins Bett und denk daran, dich morgens für mich auszuziehen."

"Ich verspreche es", sagte er, hielt seinen Schwanz und fragte sich, warum es sich so gut anfühlte.

Sie bedeckte ihre Nacktheit, ging auf Zehenspitzen in ihr Zimmer, schloss die Tür und kroch ins Bett.

Das Bett fühlte sich gut an.

Er schlief, ohne zu ahnen, dass seine beste Freundin sich in dem Raum neben ihrem noch zwei Orgasmen gab, bevor auch sie sich entspannt genug fühlte, um zu schlafen.

KAPITEL 24

Ein wandernder Sonnenstrahl auf seinem Gesicht erinnerte Bob daran, dass Vampire die ganze Zeit Recht hatten und Sonnenlicht tötet.

Er wich vom Schein zurück und stöhnte.

Ihre Zunge fühlte sich feucht an, als sie sich fragte, wer eine Katze in ihr Zimmer gebracht hatte, um in ihren Mund zu scheißen.

Sie stolperte aus dem Bett und war sich ihrer Nacktheit vage bewusst, als sie vor ihrem Badezimmer stand.

Die Wand vor ihm zur Unterstützung zu benutzen, brachte Teile von dem zurück, was in der Nacht zuvor passiert war.

Er erinnerte sich an die Badepause, die er vor dem Ausziehen gemacht hatte.

Er putzte sich die Zähne, bevor er duschte, und versuchte, den anhaltenden Geruch von chinesischem Essen, gefolgt von Rum, Cola und Tequila, zu vertreiben.

Er versuchte, die Ereignisse der Nacht zuvor zusammenzustellen.

Es war mehr oder weniger klar, bis er auf die Toilette ging und von da an wurde es bewölkt.

Er erinnerte sich daran, wie er mit den drei Mädchen Pornos geschaut hatte.

Nein, das war nicht richtig.

Sie hatten zusammen YouTube-Videos gesehen, wirklich rassig.

Tief in diesem Nebel versteckte sich die Erinnerung daran, sich vor ihnen auszuziehen.

Scheisse.

Er duschte und rasierte sich noch, als Nancy mit einer Tasse Kaffee an seiner Schlafzimmertür erschien.

"Wie geht es dir, Tiger?"

"Kater", knurrte er.

Er wischte sich die Rasierschaumcreme von der Oberlippe, damit er die Stimmung der schwarzen Flüssigkeit in der Kaffeetasse schlucken konnte.

Ein Dutzend Versuche später beendete er die Rasur.

Nancy lehnte an der Tür und beobachtete die ganze Zeit.

"Ich mag es, wenn sich ein Junge rasiert."

"Ich weiß", sagte er und fuhr mit einer Hand über ihre nackten Teile.

Obwohl es ihm etwas unangenehm war, nackt vor ihr zu sein, war es ihm egal.

Was hatte er, das sie nicht gesehen hatte?

Er fing sie auf, ihre Stirn anzusehen.

"Habe ich mich vor deinen Freunden nackt gemacht?"

"Vielleicht ein bisschen nackt", bestätigte er und ging zur Tür hinaus.

"Wie nackt ist ein bisschen nackt?" fragte er und folgte ihr ins Wohnzimmer und in die Küche.

"Nackt genug, dass wir Armbänder um deinen Schwanz werfen könnten."

"Oh Gott, bitte sag, du machst Witze", sagte sie und zerrte verzweifelt an ihrer Erinnerung an ihre Freunde, die Armbänder auf seinen harten Schwanz warfen.

Er wurde leer, aber er wusste, dass das nichts bedeutete.

"Entspann dich", sagte sie und füllte sie und seine Kaffeetassen wieder auf. "Es hat Spaß gemacht."

"Haben wir Pornos gesehen?"

"Wir haben YouTube-Videos gesehen", sagte er, was seinem Gedächtnis entsprach.

"Was ist mit Pornos?"

"Es hätte Pornografie geben können, während Julia dich abgesaugt hat."

Bob spuckte fast, als er würgte.

"Auf keinen Fall würdest du Julia mich absaugen lassen."

"Warum?"

"Weil ich weiß, wie du dich für sie fühlst. Wie hast du es vor ein paar Wochen gesagt? 'Sie ist eine verrückte Hure, die nach drei Drinks alles mit einem Schwanz fickt.' Ich denke, so hast du es mehr oder weniger gesagt. Zumindest ist das die Essenz dessen, was du denkst. "

"Ja, okay. Aber er hat es genossen dich nackt zu sehen."

"Und schwierig?"

"Wirklich hart."

"Und irgendjemand auch?" fragte er, obwohl er sich nicht vorstellen konnte, für zwei und nicht für drei nackt zu sein.

"Ja, jeder war derjenige, der dich auch abgesaugt hat."

"Genug", stöhnte er. "Sie hat einen Freund, also weiß ich, dass sie das nicht tun würde."

"Oh, du sagst also, ich habe es getan?" Fragte Nancy mit hochgezogenen Augenbrauen.

"In meinen Träumen hast du es getan", antwortete Bob und fühlte ein seltsames Gefühl von Deja Vu, als er diese Worte sagte.

War das passiert?

Hatte er geträumt, dass Nancy ihn letzte Nacht abgesaugt hatte?

Er sah weg.

Es war peinlicher, nackt vor ihr zu sein, wenn man sie sexuell ansah.

Lächelnd fuhr sie mit ihren Augen über ihn und blieb stehen, als sie seine Taille erreichte.

"Diese Idee scheint dir zu gefallen", schnurrte er.

Bob sah nach unten, sah, dass sein Schwanz dicker und länger wurde und trat hinter seine Frühstücksbar.

"Um dich herum nackt zu sein, fühlt sich komisch an."

"Es macht mehr Spaß, wenn du hart bist", sagte sie und sah enttäuscht aus, dass er sich hinter die Theke gestellt hatte.

Er nahm einen Schluck Kaffee, versuchte in der Nacht zuvor, durch den Nebel zu sehen, und wurde immer noch leer.

"Kannst du mir etwas darüber erzählen, was passiert ist?"

"Nun, ich könnte ein oder zwei Bilder haben", sagte er und nahm sein Handy ab. "Aber ich weiß nicht, ob du sie gerne sehen wirst."

"Was jetzt?" Der Seufzer.

"Dass du es beim nächsten Treffen wieder machst."

"Was nochmal machen?"

"Nun, es hat Spaß gemacht, den Teebeutel in unsere Getränke zu stecken."

"Das habe ich nicht getan", stöhnte er, sicher, dass er sich an etwas so Unverschämtes erinnern würde.

Nancy fuhr mit dem Finger über ihr Handy.

Er stöhnte erneut:

"Warum hast du mich das machen lassen?"

"Es hätte mir vielleicht gefallen", sagte er und fuhr mit dem nächsten Video fort, das seine Tasche mit Bällen auch nackt in seinem Getränk zeigte.

Sie hielt ihn auf, bevor er zeigte, dass sie ihn saugte.

"Wir sollten dich betrinken."

"Ich weiß", lächelte er und schaltete sein Telefon aus. "Und vertrau mir, ich hatte viel Spaß es dir zu zeigen."

Sein Lächeln verblasste, als er die unangenehme Frage stellte:

"Und was ist mit Andy?"

Er nahm einen Schluck Kaffee, bevor er enthüllte:

"Andy ist der Grund, warum ich letzte Nacht nicht mit dir geschlafen habe."

"Wie auch immer, selbst wenn es passiert wäre, hätte er sich wahrscheinlich auch nicht daran erinnert."

Nancy lächelte und küsste ihn auf die Lippen.

"Du hast mir letzte Nacht versprochen, dass wir morgen früh frühstücken gehen."

"Ich habe keine klare Erinnerung daran, das gesagt zu haben", sagte er und ging in sein Zimmer, um sich anzuziehen.

Vielleicht ja, vielleicht nein, aber es war egal.

KAPITEL 25

Sie nahmen sich einen Tag frei und verbrachten den Rest des Vormittags und den größten Teil des Nachmittags zusammen, um den Park zu besuchen und in der Innenstadt einzukaufen.

Nancy machte sich über ihn lustig wegen der Dinge, die in der Nacht zuvor passiert waren, und Bob blieb leer und fragte sich, ob er die Wahrheit sagte.

Irgendwann drohte er Julia anzurufen.

Stattdessen zeigte Nancy ihr eine SMS, die Julia zuvor gesendet hatte und die besagte:

"Wann kann ich Bob wieder nackt sehen?"

"Ich finde es gut, dass wir uns nicht treffen", sagte Bob. "Freundinnen neigen dazu, eifersüchtig zu werden, wenn ihre Freunde mit anderen Frauen nackt sind."

"Das wäre ich nicht", sagte Nancy lachend. "Ich denke, ich werde anfangen zu fordern, dass alle meine Freunde die ganze Zeit nackt sind. Ich mag es zu sehr. Und sie müssen sich vor meinen Freunden ausziehen. Oh, und sich auch überall rasieren."

"Wooh! Ich habe das alles!" Bob klatschte in die Hände.

***

Auf dem Heimweg verbrachte sie Zeit damit, jemandem eine SMS zu schreiben.

Es schien eine ernste Sache zu sein, also störte Bob sie nicht, bis er sein Auto abstellte.

"Alles gut?" Ich frage.

"Schau, ich muss gehen. Es ist Andy. Er ist am Tag zuvor nach Hause gekommen."

"Das sind gute Nachrichten, oder?" Sagte Bob und fragte sich, warum sie schockiert aussah.

"Ja, es ist nur ...", begann sie, verstummte und sah weg.

"Hey, er ist dein Freund. Mach dein Make-up für ihn und gib ihm die Chance, dich zu küssen. Vielleicht weint er auch im wirklichen Leben."

"Ich möchte nicht, dass sich die Dinge zwischen uns ändern."

"Warum sollten sie es tun?" Fragte Bob verwirrt von ihrem Kommentar. "Wir sind immer noch die besten Freunde, oder?"

"Versprich mir, dass sich das nicht ändern wird."

Es war ein leichtes Versprechen für ihn.

Dann fügte er hinzu: "Es ist okay, wenn du bei ihm bleibst."

"Du hast mir letzte Nacht gesagt, dass du mit mir spielst."

"Ich weiß und ich denke immer noch, dass du dir darüber Sorgen machen solltest. Aber sie ist früh nach Hause gekommen und das muss etwas bedeuten, oder?"

"Ich nehme an."

"Und er ist immer noch Andy, oder?"

Als er sah, dass sie nicht sehr überzeugt war, listete er die Gründe auf, warum sie ihn mochte.

"Er sieht gut aus, ist motiviert und hat Geld. Das stimmt immer noch, oder?"

"Wahrscheinlich."

"Geh zu ihm. Gib ihm die Chance, im wirklichen Leben um dich zu weinen."

"Er wird im wirklichen Leben nicht weinen."

"Zehn Dollar ja", beharrte Bob.

"Es wird nicht passieren", sagte er, hielt einen Moment inne und sah Bob an. "Du bist wirklich mein bester Freund, weißt du das richtig?"

"Verschwinde von hier", er zuckte die Achseln und lächelte sie an. "Geh und leg dich hin. Du hast es verdient."

Bob stieg aus, ging um das Auto herum und öffnete die Tür.

"Wir sind in Ordnung?" sie fragte, immer noch nachdenklich aussehend.

"Uns geht es gut", sagte er und zeigte ein breites Lächeln.

Sie gingen zu ihrem Auto und er wartete, bis sie ihr Auto startete, bevor er ihr Haus betrat.

Es war eine Gewohnheit, die ihre Mutter ihr beigebracht hatte: Stellen Sie immer sicher, dass das Auto des Mädchens startet, bevor Sie sie verlassen.

Er dachte nicht zweimal darüber nach.

Als sie wegging, wünschte er ihr schweigend Glück.

KAPITEL 26

Zurück in seinem kleinen Haus leerte er seine Spülmaschine und räumte ein bisschen von der Nacht zuvor auf, bevor er wieder in sein Videospiel eintauchte.

Der Geschichte zu folgen fühlte sich schwieriger an, als ihre Gedanken rasten.

Er hatte keinen Zweifel daran, dass Nancy und Andy die Dinge regeln würden, sehr zu Chris 'Bestürzung.

Es wäre eine Lektion für Chris, wenn er versuchen würde, mitten ins Geschehen zu geraten.

Er dachte an Julia und fragte sich, ob sie wirklich so eine verrückte Hure war, wie Nancy es immer gesagt hatte.

Wäre es seltsam, wenn er mit einem von Nancys Freunden ausgehen würde?

Er verlor den Überblick über die Zeit und bemerkte kaum, dass die Nacht hereinbrach, bis er vom bläulichen Schein seines Fernsehers überflutet wurde.

Er zündete eine Lampe an, aß die Reste von gestern und kehrte zu seinem Spiel zurück.

Er fragte sich, wie sich die Dinge mit Nancy ändern würden, nachdem sie die Dinge mit Andy repariert hatte.

Es war unwahrscheinlich, dass sie sich mehr küssten, aber wie wäre es, wenn sie sich vor ihr und ihren Freunden ausziehen würden?

Der verlorene Gedanke erregte Aufsehen in seiner Hose, das er zu ignorieren versuchte.

Versucht, die Nacht zuvor wieder aufzubauen.

Wie lange hatten sie ihn nackt gehalten?

Die ganze Nacht?

Er erinnerte sich, wie er nackt in einem leeren Bett aufgewacht war.

Er senkte seinen Controller, streichelte seine lange, harte Erektion und stellte sich vor, sie starrten ihn an.

Hatten sie es gefördert?

Hatten sie ihn geküsst?

Er konnte sich nicht daran erinnern.

Und was ist mit dem kurzen Video von Julia und Nancy, die seine Eier lecken?

Wie verrückt war das?

Bob zog sich aus und brachte sie in sein Zimmer.

Ihr Videospielfernsehen wurde in Ihren Internetbrowser geändert.

Der Browser öffnete sich zu einer Pornoseite, die er nicht erkannte und fragte sich warum.

Hatten sie letzte Nacht mehr getan, als sich YouTube-Videos anzusehen?

Er lächelte und wünschte, er könnte sich an mehr erinnern, als er anfing, an den Kategorien für diese neue Site zu arbeiten.

Er hatte gerade ein Video gestartet, als sein Telefon mit dem Ton einer SMS klingelte.

KAPITEL 27

Er warf einen Blick auf die Zeit und sah, dass es kurz nach elf war.

Das war seltsam.

Normalerweise habe ich so spät keine SMS oder Anrufe erhalten.

Er nahm sein Handy und sah eine Zwei-Wörter-Nachricht von Nancy:

"Bist du auf?"

"Ja", antwortete er und lächelte über die doppelte Bedeutung, die seine Frage und Antwort implizierte.

"Ich kann gehen?"

"Sicher", antwortete er. "Alles gut?"

"Bis bald."

Bob bereute es zu fragen, ob alles in Ordnung war.

Natürlich nicht.

Wenn alles in Ordnung wäre, würde Nancy ihm nicht so spät eine SMS schreiben.

Wenn die Dinge gut liefen, sollte sie Sex mit ihrem Freund genießen und keinem Freund eine SMS schreiben.

Er zog Shorts und ein T-Shirt an, kochte eine Tasse Kaffee und holte die große Flasche Rum aus der anderen Nacht heraus, damit sie wählen konnte, was sie am besten bevorzugte.

Er setzte sich gerade wieder vor seinen Fernseher, als jemand leise an seine Haustür klopfte.

Sobald er die Tür öffnete, umarmte sie ihn.

"Du bist gut?" fragte er und hielt sie dicht an seine Brust.

"Mir geht es jetzt besser", sagte sie, ließ ihn los und ging in sein Haus.

Sie spähte in den Boden der Rumflasche auf dem Tisch, drehte die Kappe mit einer Bewegung ihres Daumens und zog ein Getränk direkt aus der Flasche.

"Ich hatte Durst", sagte er.

Er holte den Rest der Cola aus der Nacht zuvor heraus und warf ihr ein paar Eiswürfel in ein Glas.

"Alles gut?"

"Wir müssen reden", sagte er und füllte das Glas zur Hälfte mit Rum.

Er nahm einen kleinen Schluck, zuckte vor Juckreiz zusammen und stellte das Glas auf seinen Tisch.

Sie nahm seine Hand und führte ihn zu ihrer Couch.

Bob suchte in ihrem Gesicht nach Hinweisen.

Nach allem, was er sehen konnte, hatte sie nicht geweint, also war das gut, oder?

"Wie geht es Andy?"

"Ich schulde dir zehn Dollar", sagte er mit einem kleinen Lächeln. "Er hat es nicht sofort getan, aber er hat geweint."

"Willst du darüber reden?"

Nancy nickte, aber sie schien auch in Konflikt zu geraten.

Sie fing an, etwas zu sagen, schüttelte ihre erste Wortwahl ab und machte einen zweiten Versuch.

"Warum hast du mich heute Nachmittag gehen lassen?"

"Weil du deinen Freund sehen musstest", antwortete er verwirrt von der Frage.

"Aber wolltest du, dass ich gehe?"

"Nicht wirklich", sagte er. "Ich meine, ich weiß, dass du es gebraucht hast, aber ich bin gerne bei dir."

Zum ersten Mal bemerkte Bob, dass Nancy sich umgezogen hatte, bevor sie zu Andy ging.

Er trug Jeans und ein T-Shirt, als er an diesem Nachmittag ging.

Jetzt trug sie ein schönes Sommerkleid und Make-up.

Ihre Haare waren ebenfalls zusammengebunden und sie sah gut aus.

Er konnte sich vorstellen, wie strahlend sie gewesen sein musste, um Andy zu treffen.

"Willst du mir sagen, was passiert ist?"

Es begann mit den Textnachrichten, die er an diesem Nachmittag erhalten hatte.

"Er nahm einen früheren Flug nach Hause und tauchte im Büro auf, um mich zu suchen, außer ich war nicht da. Dann kam er bei meinem Haus vorbei und ich war auch nicht da."

"Wow", sagte Bob.

"Ich sagte ihm, ich würde mit den Mädchen trinken und wir landeten bei dir zu Hause."

"Was hat er dazu gesagt?"

"Es ist nicht wirklich wichtig", sagte Nancy achselzuckend. "Er wollte mich in meinem Haus treffen, aber ich ließ ihn warten. Ich sagte ihm, wir müssten reden, also gingen wir zum Abendessen aus."

"Wie war das?"

Nancy verdrehte die Augen und seufzte.

"Wir haben viel geredet. Er entschuldigte sich für die Dinge, die passiert waren und war auch ehrlich. Ich glaube nicht, dass ich ihm zu Recht gesagt habe, dass Chris mir dieses Bild gezeigt hat, denn dann wollte er wissen, wie lange er wusste, dass er 'ungezogen' ist."

"Als ob das wichtig wäre."

"Ich weiß, richtig? Ich meine, er war derjenige, der mich betrogen hat, nicht mich. Also, welchen Unterschied hat es gemacht, wann und wie habe ich es herausgefunden?"

"Ich finde es immer noch gut, dass du es ihm gesagt hast", sagte Bob.

"Vielleicht weiß ich es nicht", sagte Nancy und rang die Hände in ihren Schoß.

Sie schwieg einen Moment, bevor sie fortfuhr, als würde sie den Mut aufbringen, den nächsten Teil zu erzählen.

"Er hat mir gesagt, dass er mich liebt."

"Das hat er auch am Telefon gesagt", bemerkte Bob.

"Ich weiß."

"Du liebst ihn?"

"Ich dachte, ich könnte ihn nach dem, was er getan hat, immer noch lieben. Ich meine, wir sagten 'Ich liebe dich' zu einander, aber nur weil du es sagst, bedeutet das etwas? Es sind nur Worte, richtig?"

"Nicht für mich."

"Ich weiß", sagte sie und sah für einen Moment auf ihre Hände. "Ich habe dir nicht gesagt, was wir zusammen gemacht haben, war es falsch?"

"Ich weiß nicht", sagte Bob mit einem Achselzucken. "Haben wir etwas wirklich Schlimmes getan? Es ist auch mit Any und Julia passiert, also wie schlimm war es?"

"Du erinnerst dich wirklich nicht, oder?" Fragte Nancy mit einem kleinen Lächeln.

"Ich denke, du hast dafür gesorgt, dass ich mich an nichts von letzter Nacht erinnere", sagte er und beschuldigte sie.

Er sah sehr schuldig aus und nickte, bevor er gestand:

"Aber weißt du etwas? Ich bin froh, dass es passiert ist."

"Bist du glücklich darüber, was passiert ist?" Fragte Bob genervt, als sein Gedächtnis nach den Tequila-Schüssen getrübt war.

"Du hast keine Ahnung, wie heiß du auf mich bist."

"Genug", sagte er und verdrehte die Augen.

Es war schön das zu hören, aber ich habe es nicht geglaubt, besonders wenn ich aus Nancy komme.

Sie hatte den Ruf, schöne Männer zu treffen, die als Models arbeiten konnten, und sie verdiente auch dieses Kaliber des Mannes.

"Ich habe eine große Nase."

Es war nicht das erste Mal, dass sie ihn aufregend nannte, aber er glaubte ihr immer noch nicht.

"Du hast eine große Nase", sagte er und stupste sie an. "Es passt zu deinem Gesicht und lässt dich interessant aussehen."

"Interessant ist nicht schön."

"Es ist besser als Andys langweiliges, hübsches Gesicht."

"Erzähl mir zu Ende von ihm", sagte Bob, aus Angst, sie würden zu weit vom Thema entfernt sein.

"Weißt du was mir an Andy gefallen hat?" Sie fragte. "Manchmal könnte er mich zum Lachen bringen wie dich."

"Das ist gut."

"Außer es war nur manchmal."

"Okay, jetzt sehe ich interessant und lustig aus", scherzte er.

Nancy ignorierte seinen selbstironischen Humor.

"Weißt du, was ich sonst noch an ihm mochte? Manchmal öffnete er mir eine Tür oder zog einen Stuhl aus einem Restaurant."

"Das ist auch gut", sagte Bob.

"Außer du machst das die ganze Zeit. Erinnerst du dich an diesen Nachmittag bevor ich ging? Was hast du gemacht?" Sie fragte.

Er zuckte die Achseln und war sich nicht sicher, was er meinte.

"Du bist in der Einfahrt geblieben, bis ich gegangen bin."

"Damit?" Ich frage.

"Aber das machst du immer. Immer."

"Uh-huh", erlaubte er, sicher, dass er es wahrscheinlich ein paar Mal vergessen hatte.

Niemand war perfekt.

"Und wie du küsst! Verdammt, Bob, niemand hat mich jemals so geküsst wie du."

"Ich kann dasselbe für Sie sagen", sagte er und lehnte den vollen Kredit ab. "Aber was hat das mit Andy zu tun?"

"Weil du der Grund bist, warum ich mich von ihm getrennt habe."

"Mich?" fragte er verwirrter als je zuvor. "Aber warum?"

"Weil ich dich liebe", schnappte sie.

"Und ich liebe dich", sagte er automatisch.

Es war eine einfache und automatische Antwort.

"Nein, ich meine, ich liebe dich wirklich."

"Und ich liebe dich wirklich", antwortete er, ohne den Unterschied zu bemerken.

"Verdammt", sagte sie und sah verärgert aus.

Nancy beugte sich vor und küsste ihn.

Es war ein tiefer und intensiver Kuss, den ich nicht erwartet hatte.

Er küsste sie zurück, glücklich, ihre Lippen wieder an seinen zu spüren.

Mit Andy zurück in der Stadt dachte ich nicht mehr, dass sie das tun würden.

Außer, wenn sie sich von Andy getrennt hatte, war sie vielleicht wieder in Ordnung?

Nancy schob ihre Hand zwischen seine Beine und begann ihn zu streicheln.

Bob zog sich zurück, brach ihren Kuss und starrte sie an.

"Bist du sicher, dass wir das tun sollten?" Ich frage.

"Ja", sagte er und schob seine Hand in den Bund seiner Shorts, bis er seine glatte, rasierte Männlichkeit berührte.

Er beugte sich für einen weiteren Kuss vor.

Für einen langen Moment fühlte sich Bob in der Freude ihrer Lippen gegen seine und den Nervenkitzel ihrer Berührung verloren, bevor er sich wieder zurückzog.

"Aber du bist jetzt Single."

"Ich weiß", sagte sie, stand auf und tastete am Sommerkleid entlang.

Er fand den versteckten Reißverschluss unter seinem Arm.

Als sie ihr Kleid öffnete, fiel ihr Kleid bis zu den Knöcheln und enthüllte ihre perfekten Brüste.

Bob starrte sie nackt an und war verblüfft darüber, wie perfekt sie aussah.

Bob bemühte sich, ihr Gesicht anzusehen, anstatt ihre nackten Brüste anzusehen.

So oberflächlich er es auch zuzugeben schien, er konnte sich nicht an eine Zeit erinnern, als er ihre Brust nicht bewundert hatte.

Er hatte Nancys Brüste studiert und bemerkt, wann ihre Brustwarzen hart waren, ihre Größe und Form.

Er hatte ihre Form bewundert, als sie mit Pullovern, Westen bedeckt war oder sanft in einem engen T-Shirt schaukelte.

Aber keine ihrer Vermutungen konnte ihn darauf vorbereiten, sie oben ohne zu sehen und nur Höschen zu tragen.

Er hörte auf zu versuchen schüchtern zu sein und sah auf ihre Brust.

"Sie sind wunderschön", sagte er mit einem Gefühl der Ehrfurcht.

Nancy lachte, spreizte ihre Beine und legte ihre Hände an ihre Brust.

"Es ist okay, wenn du sie berührst."

Bob hielt sofort ihre Brustwarzen zwischen seinen Fingern und Daumen fest und wiegte und drehte sanft ihre Zwillinge und steifen Lustpunkte.

Sie schnappte nach Luft und lächelte.

"Ich hätte wissen sollen, dass du gut darin bist, sie zu spielen."

Sie beugte sich zu einem weiteren Kuss vor und Bob erkundete weiter ihre Brüste und bemerkte, welche Art von Berührungen sie dazu brachte, zu stöhnen oder ihn tiefer zu küssen.

In dem kleinen Raum zwischen ihnen tastete sie zwischen seinen Beinen und rieb ihren Schmerz stark.

Nancy brach ihren Kuss ab, stand auf und lächelte ihn an.

"Zieh dein Hemd aus", sagte er und hakte seine Daumen in den Bund ihres Höschens.

Er zog sein Hemd so schnell er konnte aus und wollte keinen Moment verpassen, in dem sie ihr Höschen auszog.

Mit einem bösen Lächeln zeigte sie sich von Kopf bis Fuß, so nackt und glatt rasiert wie er.

Sie beugte sich vor und versuchte, seine Shorts auszuziehen, aber er hielt sie auf.

"Ich denke nicht, dass wir beide nackt sein sollten", sagte er.

Ihre hautengen Shorts waren ihr einziger Schutz davor, zu weit zu gehen.

"Aber ich liebe dich", sagte sie und versuchte erneut, ihre Shorts anzuziehen.

"Und ich liebe dich", gab er zu und konnte es nicht vermeiden, mit seiner Hand über seinen Körper zu fahren.

Seine Berührung führte zu einem weiteren Kuss, als sie aufstand und sich über ihn beugte.

Wieder fanden seine Hände ihre Titten und sie musste sie nicht zwischen ihren Beinen berühren, um zu wissen, wie sehr er sie liebte.

Seine Lust zeigte sich in seinem Kuss und wie seine Hände ihren nackten Körper streichelten.

Wenn sie es erlaubte, würde er ihr in jeder Hinsicht gefallen, außer dass er wusste, dass sie nicht miteinander schlafen konnten.

"Ich liebe dich", wiederholte er und spreizte erneut ihre Beine.

Das machte den Rest ihres Körpers zu zugänglich, als dass er ihm widerstehen könnte.

Er wagte es, sie zwischen ihren Beinen zu berühren, ihr Geschlecht zu erfassen und ihre Wärme zu spüren.

Ihre Muschi fühlte sich nass und so bedürftig an wie seine Erektion.

Weitere Worte gingen für weitere Küsse verloren, als er sie streichelte.

Es war ihm eine Ehre, ihre Begeisterung zu spüren und sie mit ihr zu teilen, aber das war nicht genug, um ihre Meinung zu ändern.

"Ich will das", keuchte sie und wand sich gegen ihn.

"Wir können nicht", sagte er und fand es so schwierig, sich stark gegen den Sirenenruf ihrer Nacktheit und eifrigen Veranlagung zu behaupten.

Sie sah ihn traurig und enttäuscht an.

"Aber warum?"

"Ich habe noch nie jemanden so sehr geliebt wie Sie. Das ist seit dem Tag, an dem wir uns trafen, wahr", sagte er, als seine Augen ihr Verständnis suchten. "Ich kann leben, ohne dich jemals zu haben, aber ich kann dich nicht verlieren. Wenn wir das tun, kann ich dich niemals gehen lassen."

"Du versprichst?"

"Ich meine es ernst", beharrte er.

"Gut, dann bin ich eine Weile nackt", sagte sie und trat von seinem Schoß.

Er ging zum Tisch, füllte den Rest seines Glases mit Coca-Cola und trug es zurück zur Couch, als wäre nichts falsch.

Sie rollte ihre Beine unter sich zusammen und nahm einen Schluck von ihrem Getränk, als sie sah, wie er seine Nacktheit sah.

"Weißt du, manchmal habe ich ein sehr enges Hemd um dich gelegt, weil ich es lustig fand, wie du dich so sehr bemüht hast, meine Brüste nicht anzusehen."

"Göre", sagte er mit einem halben Lächeln.

Das passt zu Nancy.

Sie würde so etwas tun.

"Ich wette, du hast auch meinen Hintern studiert, oder?"

Bob spürte, wie sein Gesicht rot wurde, als er nickte und sagte:

"Du hast einen epischen Hintern."

"Es ist ein flacher, schmaler Arsch", sagte er mit einem Seufzer. "Aber danke, dass du es bemerkt hast. Du hast keine Ahnung, wie schwierig es für mich ist, Jeans zu finden, die passen."

"Ja, ich weiß", sagte er. "Ich habe mit dir eingekauft, erinnerst du dich?"

Nancy lachte.

"Richtig, und du hast mir immer eine ehrliche Antwort gegeben. Die meisten Männer würden niemals riskieren, das mit einer Frau zu tun."

"Außer wir sind Freunde und ich will das nicht verlieren. Ich kann nicht. Du bedeutest mir zu viel."

"Du hast auch einen tollen Arsch", sagte er. "Besonders nachdem du angefangen hast zu laufen. Ich meine, es war vorher gut, aber jetzt? Hast du eine Ahnung, wie gerne ich dich in Laufshorts sehen würde?"

"Hat nicht gesagt.

"Und doch haben wir uns nie verabredet. Warum ist das so?"

"Nun, zu Beginn hattest du immer einen Freund."

"Ich weiß es nicht."

Er nahm einen Schluck von seinem Getränk, bevor er es beiseite stellte.

"Ich liebe dich", sagte er mit einem Augenzwinkern.

"Ich liebe dich auch", antwortete er und erwiderte eine einfache Tatsachenerklärung.

Aus irgendeinem Grund war das nicht gut genug für sie.

Sie schüttelte den Kopf und sah ihn an.

"Ich sage nicht, dass ich es mag, dass ich dich mag. Ich sage, dass ich es liebe, dich zu lieben. Es tut mir leid, dass Andy und der Rest dieser Jungs es herausfinden mussten, aber ich liebe es, dich zu lieben und ich will niemals aufhören. Nicht einmal, wenn wir hundert und meine Brüste sind sie werden bis zur Taille fallen gelassen. "

Nancy stand auf und zog ihre Shorts an.

Diesmal ließ er es geschehen und ihre Augen trafen sich, als sie sich auf ihn setzte.

Sie beugte sich vor und küsste ihn, als sie sein eifriges, pochendes Glied ergriff.

Sie stand auf, aber bevor sie sich um sein geschwollenes, schmerzendes Glied senken konnte, packte Bob sie an den Hüften und hielt sie fest.

Bevor es passierte, hatte ich eine letzte Frage, die ich beantworten musste:

"Können wir noch Freunde sein, wenn wir das tun?"

"Wir bleiben besser so", sagte Nancy und führte ihn in sich hinein, bis ihre Körper so nah waren, wie ihre Herzen es immer gewesen waren.

KAPITEL 28

Sie umarmten sich, hielten ihre Körper zusammen und küssten sich, als sie mit ihm in sich schaukelte und sie vollständig füllte.

Und Bob fühlte sich auch voll.

Er hatte das Gefühl, sein ganzes Leben lang auf den Moment gewartet zu haben, in dem sie sich ihm hingeben würde.

Er drückte sich hoch, musste ganz in ihr sein, so tief er konnte, und schwelgte in dem Gefühl ihrer heißen, feuchten Muschi um ihn herum, ergriff sanft seinen harten Schwanz und packte ihn.

Er bewegte seine Hände über ihren perfekten Arsch, umfasste ihr Gesäß und half ihr, sich auf und ab zu bewegen.

Er fühlte jeden Teil seines Körpers gleichzeitig.

Er konnte fühlen, wie ihre steifen Brustwarzen gegen seine Brust drückten.

Ihre Zunge tanzte mit seiner, als sie sich mit der doppelten emotionalen Leidenschaft küssten, die sie bei ihrem ersten vorläufigen Kuss hatten.

Er spürte ihr Bedürfnis und Verlangen nach ihm, das dem entsprach, was er für sie empfand.

Immer wieder stand Nancy auf und fiel über ihn, drückte sich gegen seinen Schwanz, als sie tief in seinen Mund stöhnte.

Er hatte eine Art sich zu winden, als er sich bewegte, die sich unglaublich anfühlte.

Er spürte, wie ihre Fotze zitterte, sich um sie festzog und leicht zog, als sie aufstand, nur um ihn wieder aufzuspießen.

Bob hatte andere Frauen gefickt.

Er hatte gefühlt, wie sie sich ihm öffneten, ihn akzeptierten und ihn tiefer in sie hineinzogen, mit einem Bedürfnis, das seinem Feuer entsprach.

Aber mit Nancy hatte sie das Gefühl, dass sie ihn auch nicht gehen lassen wollte.

Er schlang seine Arme um sie und drückte sich vor, um das Gefühl ihres Körpers gegen ihren zu verstärken.

Nancy brach ihren Kuss ab, warf den Kopf zurück und stöhnte laut, als ihr Körper anfing zu zittern.

Er schnappte mit einem vollen Atemzug nach Luft.

Dann bedeckte sie wieder ihren Mund, als Bob spürte, wie ihre Explosion zwischen seinen Beinen begann.

Er drückte sich tiefer als je zuvor und kam mit einem Schauder und einem Pochen, das er noch nie zuvor gekannt hatte.

Bei jeder rauen Freisetzung ihres Orgasmus spürte er, wie sich ihre Muschi um ihn herum zusammenzog und sich an ihn klammerte, als sie auch kam.

Sie schlossen sich in ihren Armen an, bis sie zu einem keuchenden, lachenden Duo wurden.

KAPITEL 29

"Verdammt, es geht dir gut", schnurrte sie und überschüttete sein Gesicht mit Küssen.

"Ich? Das hat sich noch nie so gut angefühlt. Was zum Teufel hast du da unten?"

"Magie", sagte sie lachend und küsste ihn erneut.

Sie umarmten sich lange, bevor sich keiner bewegen wollte.

"Wir haben vielleicht dein Sofa ruiniert"

"Oder wir haben es kaputt gemacht", sagte er, als sie von seinem Schoß stieg und ihre Hand ausstreckte.

Nachdem sie ihn ins Schlafzimmer geführt hatte, begann sie ihn mit Küssen zu duschen, begann auf seinen Lippen und bewegte sich langsam über seine Brust.

Als es seinen Magen erreichte, blieb er stehen und sagte:

"Ich muss ein Geständnis machen. Dies wird nicht das erste Mal sein, dass ich auf dich gefallen bin."

Bob lachte.

"Vertrau mir, in meinen Fantasien hast du es oft getan."

"Und ich habe es auch im wirklichen Leben getan", sagte sie besorgt. "Zweimal. Einmal nach deiner Arbeitsgruppe und noch einmal letzte Nacht."

Bob starrte sie einen langen Moment an und versuchte zu entscheiden, wie er sich zu seiner Bombe fühlte.

"Haben wir noch etwas gemacht?"

Sie schüttelte den Kopf.

"Wolltest du?"

Nancy nickte und zog sie von ihrem Körper zurück.

"Danke", sagte er, bevor er sie küsste.

"Du bist nicht böse?"

"Ähm, du hast mich zweimal gelutscht und soll ich verrückt sein? Wie gut kennst du mich?"

"Ich verspreche, diesmal wird es unvergesslich", sagte sie, rutschte über seinen Körper und tat genau das.

***

Sie liebten sich weiter, bis die Sonne aus den Fenstern spähte und zwei Liebende in ihren Armen verheddert waren.

Lachend und lächelnd machten sie nackt zusammen Pfannkuchen.

Nach dem Frühstück trug Nancy leere Teller zum Waschbecken und scheuchte ihn weg, als er versuchte zu helfen.

Bob lehnte sich gegen die Theke gegenüber und beobachtete, wie sie sich bewegte und jede Kurve studierte, bis sie es nicht mehr aushielt.

Er drückte sich gegen ihren nackten Hintern, streichelte ihre Stirn und kuschelte sich an ihren Hals.

Er erinnerte sich an seine Vorhersage, was passieren würde, wenn sie jemals zu Ende gehen würden.

"Fühlst du dich immer noch schuldig, deinen besten Freund gefickt zu haben?"

"Noch nicht", sagte sie und wand sich gegen ihn. "Dafür müssen wir es vielleicht noch ein paar Mal machen."

"Du hast seine Gedanken gelesen", sagte er, als er seine wachsende Erektion zwischen ihr Gesäß kuschelte.

KAPITEL 30

Die Atmosphäre in der Bar fühlte sich festlicher an als sonst für das Quartett lächelnder Gesichter, die sich einen Tisch in der Nähe der Bar teilten.

Bob hatte sein einziges Bier, während Julia und Any darauf bestanden, dass sie ihn immer kommen sahen.

"Du hast nie bemerkt, wie Nancy dich ansah", bemerkte jeder.

"Oh, du musstest sie die ganze Zeit über dich reden hören", fügte Julia hinzu.

Nach seiner Trennung von Nancy hatte Andy einen Transfer nach Houston beantragt.

Währenddessen saß Chris immer noch wie ein Raubtier an der Bar und versuchte, sich mit einer Frau zu unterhalten, die nicht begleitet wurde.

"Ein Teil von mir hat das Gefühl, ich sollte dir für etwas danken", sagte Bob zu Nancy mit einer Geste in Richtung Chris. "Aber dann erinnere ich mich, wie dumm er für mich war."

Er erzählte, wie Chris versucht hatte, ihn einzuschüchtern, und sagte, er habe keine Chance mit Nancy oder Julia.

"Wann ist das passiert?" Fragte Nancy.

"Die Nacht, in der Julia mich rasiert hat."

"Scheiße, das war so heiß", sagte Nancy und küsste Bob auf die Lippen. "Ich wurde so nass, als ich das sah."

"Du? Ich habe meine Vibratorbatterien verbrannt, nachdem ihr gegangen seid!" Sagte Julia.

"Und nun, nur damit Sie wissen, es war großartig, weiter rasiert zu bleiben", schrieb Nancy.

"Ich habe versucht, meinen Freund davon zu überzeugen, aber er wird es nicht", verzog jeder das Gesicht.

"Nun, wann immer du eine Show brauchst, lass es mich wissen", bot Nancy an und drückte Bobs Oberschenkel.

"Wow, kann ich nicht darüber abstimmen?" fragte er überrascht.

"Nicht wirklich", sagte er. "Eigentlich gib mir die Schlüssel für dein Auto."

"Warum?" fragte er und zog sie aus seiner Tasche.

"Weil ich heute Abend der designierte Fahrer geworden bin", sagte Nancy, zeigte auf den Kellner und bestellte eine Runde Getränke.

Als die Getränke ankamen, schob Bob seine vor Nancy und nahm ihre Autoschlüssel zurück.

"Ich muss nicht betrunken sein für das, was du geplant hast."

"Wie heiß", sagte sie und gab ihm einen Kuss. "Du hast mich nur höllisch nass gemacht."

Und an dem eifrigen Lächeln auf Julia und Any's Gesichtern konnte Bob erkennen, dass sie nicht allein war, wie sie sich fühlte.

ENDE

MITBEWOHNER (EROTISCHE DOMINATION)

KAPITEL 1

„Kannst du das bitte ausschalten?“, Sagte Vicky. "Ich versuche hier zu lernen."

Zum ungefähr zwanzigsten Mal fragte sich das Mädchen, ein Neuling, welche Art von Matching-Algorithmus für die Suche nach Mitbewohnern die Universität verwendete.

Schließlich könnte jeder mit einem halben Gehirn erkennen, dass es unter allen Umständen vermieden werden sollte, einen Studenten aus einem auf Sozialarbeit spezialisierten Zweig mit einem Studenten aus einem auf Informatik spezialisierten Zweig zusammenzubringen.

Ein paar einfache Auswahlfragen würden in einem solchen Fall funktionieren, um dies zu vermeiden.

¿ Eine Richtung? Wer kann mit diesem Unsinn so in voller Lautstärke im Hintergrund lernen?

Schlimmer noch, wer kann seine geistige Gesundheit und seinen IQ aufrechterhalten, indem er Leute beobachtet, die offensichtlich so dumm sind?

"Nein, es wird gut", sagte Joyce und drehte die Lautstärke noch höher.

"Sehr lustig", sagte Vicky. "Jetzt leg es bitte hin."

"Ich kann dich nicht hören", schrie Joyce. "Was hast du gesagt?"

"Runter." Ein Teil von ihr wollte lachen, aber ein Teil von ihr war genauso wütend.

"Sprich etwas lauter", schrie Joyce. "Ich kann dich nicht im Fernsehen hören."

"Ich sagte, nimm es runter"

Und plötzlich, und Vicky war sich nicht ganz sicher, wie, weil sie so etwas noch nie zuvor getan hatte, wurde sie von ihrem Sitz und neben ihrer Mitbewohnerin gehoben und versuchte nutzlos, die Fernbedienung aus dem festen Griff des Mädchens zu ziehen.

Vicky war ein leichtes Mädchen, ein typischer Leser, sehr dünn und blass.

Die einzige Sportart, die er ausprobiert hatte, war Cross Country, aber das war nur, um seine College-Bewerbung zu vervollständigen.

Als das ferngesteuerte Tauziehen einem Wrestling-Match Platz gemacht hatte, hatte er das Gefühl, dass seine Ausbildung in den physischen Künsten stark gefehlt hatte.

Weil der Kampf gegen Joyce wie der Versuch war, gegen eine Spinne zu kämpfen.

Es schien, als wäre eine Hand oder ein Bein überall, wo Vicky sich bewegen wollte.

Seine Demütigung wurde noch schlimmer, weil sein Mitbewohner nur über seine Bemühungen lachte, die Fernbedienung zu greifen, und weiter lachte, als er aufgab und sich entschied, einfach loszulassen.

"Ich hatte nicht mehr so viel Spaß, seit ich von zu Hause weg bin", lachte Joyce. "Meine jüngeren Brüder und ich haben uns die UFC angesehen und dann haben wir Bewegungen miteinander ausprobiert."

Und dann hatte er das Gefühl, als würde jemand versuchen, seinen Arm von der Schulter zu reißen.

Vicky hatte nie gewusst, dass so etwas möglich war.

"Autsch ... Autsch ..." und dann fuhr er fort, einige Worte zu sagen, die tief in seinem Hinterkopf steckten, selbst die, die er nie benutzt hatte.

"Stop p ...".

Lachend sagte Joyce:

"Ich habe meine Brüder dazu gebracht, sich bei meiner Tante zu beschweren, weil ein Mädchen sie geschlagen hatte."

Es sah so aus, als würde sich sein Gelenk lockern.

Vicky hatte nicht einmal Zeit zum Nachdenken.

"Bitte ... oh ... Tante ... Tante!"

"Das nennt man eine Armstange", sagte Joyce, als sie ihre Mitbewohnerin freigab. "Sobald du darin gefangen bist, gibt es wirklich keinen anderen Ausweg als das Einreichen."

KAPITEL 2

Er nahm die Fernbedienung, untersuchte sie kurz und warf sie dann auf das Bett.

"Sie haben die Batterien fallen lassen. Finden Sie sie und legen Sie sie zurück."

Das war nicht sehr angenehm.

Nicht, wenn Vickys Schulter so weh tat.

Er fragte sich, ob er dauerhaften Schaden erlitten hatte.

Aber er vermutete, dass es irgendwann dazu führte, dass die Batterien fielen.

Er schluckte ein wenig empört, begann nach den beiden AAA-Batterien zu suchen, fand sie und ersetzte sie in der Fernbedienung.

Endlich konnte er wieder zu seiner Aufgabe zurückkehren, dies hatte zu viel seiner kostbaren Zeit verschwendet.

"Und repariere mein Bett", sagte Joyce. "All diese Kämpfe haben es vermasselt."

Sie ging zu weit.

Zunächst war Vicky das Opfer des Wrestling-Matches, nicht der Gewinner.

Und vor allem war das Bett die meiste Zeit der Woche ein Chaos gewesen.

"Ich bin nicht deine Magd", sagte Vicky und kehrte zu ihrem Schreibtisch zurück.

Nur hat sie es nie geschafft.

Sie hatte nur zwei Schritte gemacht, bevor Joyce wieder auf ihr war und wie eine Kobra schlug.

Joyce hatte auf eine Ausrede gewartet, um den Kampf fortzusetzen.

Sie kämpfte weiter mit ihrer Mitbewohnerin.

Sie hatte viele Male mit ihren Brüdern gekämpft.

Sie war älter, aber sie waren Jungen, körperlich überlegen, aber dennoch war Joyce schlauer und etwas rücksichtsloser.

Es hat Spaß gemacht.

Es war eine Herausforderung, und Joyce gewann mehr als sie verlor.

Auf der anderen Seite war dies keine Herausforderung für Joyce.

Hier war eine ausgemachte Sache.

Vicky war nicht nur eine schwache Frau, sondern das Mädchen hatte keine Ahnung, wie es sich verteidigen sollte.

Der Kampf gegen den kleinen Nerd sollte nicht viel Spaß machen.

Es sollte langweilig sein.

Aber es war alles andere als langweilig.

War...

.. aufregend.

KAPITEL 3

Die Brustwarzen von Joyce hatten sich zu Kugeln verhärtet.

Seine Seiten waren warm und verschwitzt.

In Wahrheit war es ein bisschen aufregend gewesen, mit seinen Brüdern zu kämpfen, als er den gelegentlichen Druck einer Erektion spürte und wusste, wie sehr es sie in Verlegenheit brachte.

Und jedes Mal, wenn sie um ihre Tante trauerten, kribbelte es ein wenig.

Aber das, oh ja, das war zehnmal besser als das.

Joyce kämpfte mit ihrer Mitbewohnerin.

Drückte sein Geschlecht auf das Mädchen.

Arbeiten daran.

"Tante", keuchte Vicky atemlos.

Sie war so müde, dass es unmöglich war, sich zu verteidigen.

Er hatte das Gefühl, nicht atmen zu können.

"Du kannst nicht einfach einreichen. Ich habe dir nicht einmal einen Schlüssel gegeben." Sagte Joyce, als sie ihr Bein packte, ihre Beine um das Mädchen legte, ihren Knöchel packte und ihr eine Drehung gab.

Bereit.

"Tante!" Schrie Vicky.

"Das nennt man Knöchelschloss", sagte Joyce, als sie den Druck abließ, ihn aber nicht abließ. "Wirst du jetzt mein Bett machen?"

"Ja ...", beschwerte sich Vicky.

Joyce drückte noch einmal etwas fester auf den Knöchel des Mädchens.

"Und du wirst den Boden putzen und meine Kleider weglegen."

"Ummmm ... okay." Vicky schnappte nach Luft.

"Das macht Spaß", rief Joyce aus und packte das Mädchen erneut. "Ich frage mich, was ich dich sonst noch tun lassen kann."

"Ich sagte, ich würde den Boden putzen!" Vicky protestierte vergeblich.

Der Kampf ging weiter.

Es war eine sehr einseitige Angelegenheit.

Die arme Vicky war erschöpft, aber sie bemühte sich tapfer, den Klauen ihrer Mitbewohnerin zu entkommen, obwohl sie den Kampf seit ihrer Kindheit völlig aufgegeben hatte.

"Du bist so schwach", fuhr Joyce mit ihren Kommentaren fort, als sie einen Zug und dann einen anderen versuchte.

Er kümmerte sich nicht einmal um Einführungen, er versuchte nur zu sehen, in welche Position er seinen Mitbewohner bringen konnte.

Eine neue Bewegung.

Hitze tauchte in seinem Körper wieder auf, als er Vickys Arsch ansah.

Ihr Nachthemd hatte sich angehoben, und die Position, in der sie sich befand, hatte dazu geführt, dass sich ihr Höschen in den Schlitz ihres Rückens verklemmte.

Joyce konnte aufgrund des Keils, der verursacht worden war, sogar ein Stück des engen Lochs des Mädchens sehen.

Die arme Vicky konnte die kühle Brise auf ihrem Hintern spüren, aber sie konnte nichts dagegen tun, als zu versuchen, ihren Rücken gerade zu halten.

Sie konnte noch weniger dagegen tun, als ihr Partner ihren Pferdeschwanz zurückzog.

Sie krümmte den Rücken und musste noch weiter auf ihre Beine zurückfallen.

Wenn er nicht so viele Schmerzen gehabt hätte, wäre die Demütigung seiner Position viel akuter gewesen, obwohl sie an sich schon beschämend war.

"Tante", keuchte Vicky. "Tante-Tante-Tante."

"Sie versuchen nicht einmal, sich zu verteidigen", sagte Joyce. "Ich fange an mich zu fragen, ob du gerne misshandelt wirst."

"Ich will dich nicht bekämpfen." Vicky beschwerte sich. "Was ... was machst du?"

Was machte Joyce?

Vicky versuchte sich umzudrehen, aber Joyce pflanzte sich auf den Bogen ihres Rückens.

In ihrem geschwächten Zustand konnte Vicky das andere Mädchen auf keinen Fall ignorieren.

Und das Schlimmste? Am schlimmsten?

Die arme Vicky spürte, wie seine Finger das Band ihres Höschens ergriffen und an ihr herunterzogen.

"Lass das wo es ist", fragte Vicky.

Aber jetzt war das Höschen außer Reichweite.

Er konnte nur versuchen, seine Beine zu spreizen, um zu verhindern, dass er sie vollständig auszog.

Aber solche schwachen Bemühungen würden das stärkere Mädchen nicht abschrecken.

Nein, für einen Moment verlagerte Joyce ihr Gewicht auf Vickys Schenkel und zog dann das Mädchen abrupt aus ihrem Höschen.

"Gib sie mir zurück", sagte Vicky. Und dann fügte er mit zitternder Stimme hinzu. "Ich meine es ernst."

"Jetzt wirst du dich wenigstens ein wenig anstrengen?" Fragte Joyce.

Seine Nasenflügel flackerten.

Gott, sie war so heiß.

Und der Blick auf das weiche Gesäß des Rückens ihrer Mitbewohnerin machte sie noch heißer.

"Soll ich dir noch etwas wegnehmen?"

"Nicht folgen!" Rief Vicky aus.

Oh, sie hatte sich nach besten Kräften bemüht, es zu sagen.

Die Situation war äußerst peinlich und sie wollte dieses Gefühl vor Joyce verbergen.

Aber bald musste er über andere Dinge nachdenken.
Eine Tracht Prügel.

KAPITEL 4

Noch eine Tracht Prügel.

Scheiße, wie es sticht.

Der Eifer seines Mitbewohners.

Zieh ihr Höschen aus und verprügel sie dann!

Oh, er würde das Mädchen dafür bezahlen lassen ... irgendwie.

Irgendwie.

Prügelstrafe.

Prügelstrafe.

Aber zuerst musste Vicky loslassen.

"Zeig mir was du hast." Sagte Joyce und dann verprügelte sie ihn noch vier.

Sie konnte ihre rot umrandeten Handabdrücke auf dem cremefarbenen Fleisch ihrer Mitbewohnerin sehen.

Scheiße, sie war heiß, sehr heiß.

"Komm schon. Kämpfe gegen mich. Schwach."

"Agghhh!" Vicky schrie trotzig, ihre Wut verdrängte ihre Faulheit.

Sie stöhnte wie ein gefangenes Tier.

Sie trat.

Sie zog an den Haaren des anderen.

Sie zog sich zurück.

Sie wand sich.

Sie kämpfte.

Sie verlor jedoch weiter.

Nicht nur das Wrestling Match, sondern auch ihr Nachthemd.

Sie war jetzt total nackt.

Ihr Gesicht war rot vor Anstrengung und weil sie so fest gegen den Fliesenboden gedrückt wurde.

Sie war Joyce nur zweimal fast entkommen.

Aber jeder Versuch schien mehr von ihrem Körper freizulegen und sie noch mehr zu ermüden, jetzt, wo der Adrenalinschub weg war.

"Komm schon, Vicky, mach weiter. Steh nicht einfach da." Joyce drängte das niedergeworfene Mädchen und gab noch ein paar Wimpern.

Die Prügel, die sie ihm jetzt gab, waren nicht mehr hart.

Aber sie waren sehr unterschiedlich.

Er zielte vorsichtig und achtete darauf, jeden Zentimeter der weißlichen Haut auf Vickys Arsch, der zuvor perfekt gewesen war, tiefrot zu färben.

Ebenso wichtig war, dass Joyce ihre sexuellen Lippen fest gegen die Schwellung des Hinterns ihrer Mitbewohnerin drückte, so dass der Kampf direkt auf ihr feuriges Geschlecht übertragen wurde.

Er hoffte, Vicky konnte seine Säfte nicht riechen.

Das Aroma war schon sehr stark.

Andererseits hatte die arme Vicky längst aufgegeben, dass ihre Mitbewohnerin den Zustand ihres sehr feuchten Geschlechts nicht entdeckte.

Sie tropfte.

Sie konnte fühlen, wie die Luft sie abkühlte.

Es war nie gekämpft und ausgepeitscht worden.

Aber sie war aufgeregt.

Er hatte ein letztes Mal gekämpft, aber das letzte Mal versucht, Joyce in die Irre zu führen.

Zumindest sagte sie sich das.

Ihre Kämpfe gaben Joyce jedoch nicht nach.

Die Kämpfe führten nur dazu, dass sich ihre Schenkel ausbreiteten, so dass ihr heißer Sex jetzt gegen den kalten Boden rutschte.

Gott.

Sie hinterließ einen schneckenartigen Fußabdruck auf dem Boden.

Es fühlte sich ... Gott fühlte sich göttlich an.

Sie hätte nie gedacht, dass dies passieren könnte.

"Ugh" Mit einem Grunzen fing Vicky an, ihre Hüften zu pumpen.

Gott, er konnte nicht glauben, dass er das tat.

"Gott Vicky", sagte Joyce. "Du bist durchnässt."

Vickys Wangen brannten vor Demütigung.

Seine heimliche Schande war entdeckt worden.

Schlimmer noch ... mein Gott. Vicky konnte fühlen, wie ein Finger ihren nassen Sex untersuchte.

Nach einer solchen Untersuchung gab es keine Geheimnisse mehr für ihn.

"Möchtest du geschlagen werden? Machst du das so mit deinem Freund?" Joyce scherzte. "Ist das Vicky? Macht es dich an, verprügelt zu werden?"

"Nein", log Vicky.

Aber sie wollte nicht versuchen, ihren Partner davon abzuhalten, ihre Finger zu bewegen, um sie zu untersuchen.

Sie fühlten sich zu gut.

Es war zu gut

"Ich denke schon", sagte Joyce. "Deine Fotze hat ja gesagt, oder?"

"Nein ...", stöhnte Vicky.

Gott, das Mädchen machte sie verrückt.

"Ich denke, du genießt das alles wirklich", sagte Joyce. "Lass es uns herausfinden."

Oh Gott. Und jetzt das? Dachte Vicky, als sie spürte, wie Joyce auf mysteriöse Weise ihr Gewicht auf sie verlagerte, bevor sie sich plötzlich wieder umdrehte.

In diesem Moment entdeckte er, was Joyce vorhatte.

Ihr Höschen war ausgezogen.

Vicky konnte den nackten Hintern ihrer Mitbewohnerin sehen, als das Mädchen sie auf ihre Brust setzte und ihre Schienbeine in Vickys Handgelenke zu Boden gruben.

Joyce leckte sich die Lippen, als sie den völlig nackten, wehrlosen Körper ihrer nerdigen Mitbewohnerin anstarrte.

"Ich denke, das bedarf einer gründlichen Untersuchung."

"Genug", keuchte Vicky.

Er hatte keine Ahnung, was eine gründliche Untersuchung bedeutete, aber er wollte kein Teil davon sein.

Doch Joyce hatte genau das im Sinn.

Eine gründliche Untersuchung ihrer Muschi.

Vickys geschwollene rosa Lippen teilten sich.

"Nass und prall." Sagte Joyce. "Und sieh dir diesen Kitzler an. Sie bittet praktisch um eine Liebkosung."

"Nein, ist es nicht". Vicky protestierte mit quietschender, zittriger Stimme.

Ihre Schenkel schlossen sich trotzig kurz.

"Ich denke schon", streichelte Joyce Vickys nassen Spalt.

Fahren Sie mit Ihrem Finger über ihren rosa Schnitt.

Vicky schnappte nach Luft und ihre Schenkel teilten sich wieder und boten den süßen kleinen Knopf zwischen ihren Schenkeln an.

Joyce lächelte und behielt ihre Berührung bei und streichelte von Zeit zu Zeit Vickys Kitzler.

Das Mädchen arbeiten, bis sie einen Fieberpegel erreicht hat.

Vicky wurde plötzlich klar, dass er sie zwingen würde zu kommen.

Ein Mädchen würde sie kommen lassen.

Er hatte immer Geschichten von Mädchen gehört, die im College experimentierten, aber er hätte nie gedacht, dass er eines dieser Mädchen sein würde.

Aber die Hitze in ihrem Bauch überzeugte sie anders.

Aber dann wurden diese weichen, süßen Finger weggezogen und sie schwebte am Rande eines Orgasmus.

Er hatte sie sehr sanft gestreichelt und sie dann aus dem Orgasmusbereich gebracht.

Vickys Gedanken waren immer noch durcheinander.

Es war eine Sache, gezwungen zu werden, während man unter einem anderen Mädchen feststeckte, die Arme gefangen und unfähig, sich zu bewegen, aber eine ganz andere. ... hebe ihre schlanken Hüften und suche diese süße Berührung.

Das heißt, sie hat teilgenommen.

Und bevor sie hätte versuchen können, ihre Mitbewohnerin wegen der Freiheiten zu verklagen, die sie sich genommen hatte.

Jetzt hob sie ... ihre Hüften und suchte nach Joyces Berührung ... höher und höher ... dort ... ahhh ... genau dort.

Das war's, sagte sich Joyce, als sie Vickys Hüften spannte und sie dazu brachte, in einer so unangenehmen Position so gut sie konnte zu schieben und zu pumpen.

Komm zu mir.

Du wirst noch viel weiter gehen müssen, bevor ich mit dir fertig bin.

KAPITEL 5

"Ich habe dir gesagt, dass du sie magst", scherzte Joyce und drückte leicht Vickys geschwollenen Kitzler. "Es ist so, nicht wahr?"

Die Seiten des armen Vicky begannen vor Not zu schmerzen.

Sie hob ihre Hüften, bis ihr Bauch zitterte, aber es war nicht hoch genug, um sie mit Joyces Fingern in Kontakt zu bringen.

Es gab nichts, was er tun könnte, wenn er die Wahrheit nicht zugeben würde.

"Ja." Vicky stöhnte fast atemlos.

Schlag-Schlag-Schlag.

Joyce schlug Vickys Sex und bespritzte dabei ihren ganzen Nektar.

Vickys Hüften schossen hoch.

Das Gefühl war nicht schmerzhaft, aber es war schockierend gewesen.

Schlimmer noch, er hatte seinen Orgasmus verfolgt.

Es war enttäuschend, aber er hatte es trotzdem gemocht.

Das Gefühl der Not, das sie erlebt hatte, und ihre Hilflosigkeit hatten sie zutiefst erschreckt.

Er hatte Angst ... oh Gott, was machte dieses schreckliche Mädchen jetzt mit ihm?

Er rieb sie wieder.

Und es so zu reiben, wie sie es mochte.

Jetzt spreizte sie wieder freiwillig ihre Schenkel.

Ihr Geschlecht innerlich angespannt machen.

Krämpfe durch seine Leistengegend tanzen lassen.

Ihr Herz rasen lassen.

In diesem Moment bemerkte Vicky, dass sie das enge, schmale Loch ihrer Mitbewohnerin sehen konnte und ihren Schlitz gegen ihre Brust drückte.

Er konnte fühlen, wie die Feuchtigkeit von ihr über seine Brust tropfte.

Er konnte den süßen Moschus ihres Geschlechts riechen.

Wenn sie ihre Hände befreien könnte, wäre sie bereit, Joyce zu streicheln, in der Hoffnung, dass das Mädchen aufhören würde, sie zu belästigen und sie vielleicht zu Ende bringen würde.

Aber Joyce hatte ihre eigenen Ideen.

Sie war sich bewusst, dass Vicky unter ihr hilflos war, und ebenso bewusst, welche Auswirkungen ihre Spiele auf sie hatten.

Er war sich sehr wohl bewusst, dass sie ihren Hintern langsam näher und näher an das Gesicht ihrer Mitbewohnerin brachte.

Vicky hatte immer Noten in der Nähe der höchsten in ihrer Klasse gehabt.

Sie war hell und klug.

Sie betrachtete sich als eine tiefe Denkerin, aber zum ersten Mal fiel es ihr schwer zu denken.

Hitze floss durch ihren Darm und ihr Geschlecht schmerzte vor Not.

Joyces Hintern war genau dort vor ihr.

Nur einen Zentimeter von ihren Lippen entfernt.

Vicky erreichte ihre gewünschten Lippen.

Joyce 'Nasenflügel flackerten, als sie diese ersten vorläufigen Küsse spürte.

Oh ja.

Es fühlte sich gut an, obwohl sie etwas mehr Anregung wollte.

Und er würde sie haben, bevor alles gesagt und getan war.

"Magst du meine Muschi?" Fragte Joyce, als sie sich vorbeugte und Vickys erregten Sex den Atem anblies.

"Ja", flüsterte Vicky und spreizte ihre Beine, begierig darauf, dass Joyce sie leckte ... dort unten.

"Leck mich", befahl Joyce. "Leck meine Muschi."

Vicky konnte den Atem jedes Wortes auf ihrer Muschi spüren.

Joyce war so nah.

So nah dran, sie zu lecken und zum Abspritzen zu bringen.

Ich war mir sicher, dass andere Mädchen wahrscheinlich so experimentiert haben.

Das machte sie nicht schwul.

Er wusste nicht einmal, ob er es genießen würde.

Seine Zunge rutschte heraus und er machte eine vorläufige Suchsonde.

Und es war nicht so schlimm.

Sie tat es erneut, diesmal etwas entschlossener.

"Oh ja, das ist göttlich", sagte Joyce heiser. "Leck meine Muschi. Schneller. Oh ja ... so, mach weiter so."

Leck mich auch, wollte Vicky sagen.

Aber ihr Mund war jetzt anders besetzt und Joyce saß wieder auf, also hatte Vicky jetzt buchstäblich ihren Mund voller Muschi und ihre Nase war ... sie wollte nicht einmal darüber nachdenken, wo ihre Nase war.

"Freches Mädchen", schnurrte Joyce. "Spielst du auch mit meinem Anus? Hmm ... es fühlt sich gut an. Soll ich mit deinem spielen?"

"Uffff ..." protestierte Vicky.

Nicht.

Nein, sie wollte nicht einmal, dass ihre Nase dort war, wo sie war, geschweige denn berührt wurde ... da hinten.

Aber bis dahin wurde ein saftgetränkter Finger abrupt an ihrem Schließmuskel vorbei geschoben.

Es war seltsam, etwas in diesem Loch stecken zu haben, aber noch seltsamer war es, wenn etwas drückte, wenn die Richtung immer nach außen gerichtet war.

Sie wollte dort nicht angegriffen werden, zumindest glaubte sie nicht, dass sie es wollte.

Sie fühlte sich noch hilfloser.

Oh Gott ... so hilflos zu atmen, zu lecken und mit zwei Fingern in ihrem Arsch gefickt zu werden.

Sie sollte nicht so behandelt werden.

Und das sollte bestimmt nicht so verdammt heiß sein wie die Situation.

Sie sollte nicht die Muschi eines Mädchens lecken.

Ganz zu schweigen von einem Mädchen, das so gemein zu ihr gewesen war.

"Genau dort ... genau dort ... genau dort ... oh mein ... oh mein ...", stöhnte Joyce, ihre Hüften ritten auf dem hilflosen Mädchen, das unter ihr gefangen war.

Greifen Sie nach den Brustwarzen des Mädchens, greifen Sie zwischen Daumen und Zeigefinger und ziehen Sie sie hoch.

Fühle den gequälten Protest des Mädchens, das an ihrer Muschi erstickt.

Ich liebe die flinke Zunge, die jetzt schneller beschleunigt als menschlich möglich.

Vicky hatte nur eine B-Tasse und war nicht sehr begabt, wenn es um Brüste ging, aber was ihr an Umfang fehlte, machte sie an Sensibilität wieder wett.

Und ihre Brustwarzen so ausgestreckt zu haben, tat weh!

Obwohl die Erfahrung auch Strahlen der Freude direkt auf ihr Geschlecht schoss.

Aber das alles war zu viel.

Zu.

Sie leckte Joyce für alles, was sie fühlte, in der Hoffnung, ihren Höhepunkt schnell zu beenden, zusammen mit der Qual an ihren Brustwarzen.

"Oh ja, ja, oh ja. Das, yeahiii." Joyce stöhnte.

Ihre Bewegungen wechselten von Intensität zu einer trägen Bewegung, als ihr Orgasmus seinen Höhepunkt erreichte und nachließ.

Mit ihren Hüften, die vorgaben, eine Art Korkenzieher zu sein, benutzte sie die Nase ihrer Mitbewohnerin, um ihrem Anus zu gefallen.

KAPITEL 6

"Jetzt bist du dran", sagte Joyce. "Soll ich dich kommen lassen?"

"Ja." Gab Vicky zu.

Er wollte nicht nur kommen, sondern er hatte es auch verdient, nach all dem zu kommen, was er durch die Hände dieses Mädchens ertragen hatte.

"Mmmm ...", schnurrte Joyce, als sie ihre Fingerspitzen über den schlanken Körper des Mädchens streckte.

Langsam auf dem Weg zu Vickys super nassem Sex.

"Was für eine dreckige, freche Muschi du hast", sagte Joyce und betrachtete etwas in einer kleinen offenen Kosmetiktasche neben Vickys Bett.

Er hob es auf und drückte den Ein- / Ausschalter.

Er konnte die Vibrationen bis zu seinen Fingern spüren.

"Ich denke, es muss gut gereinigt werden."

Vicky hatte keine Ahnung, wovon das Mädchen sprach.

Er konnte ein bekanntes Summen hören, aber das Geräusch nicht finden.

"Oh!" Vicky schnappte nach Luft, als sie die erste elektrische Berührung spürte. Ihre Hüften drehten sich, um dem überwältigenden Gefühl zu entkommen.

Aber er erkannte bald, was er fühlte und wie gut er sich fühlte.

Scheisse.

Oh verdammt.

Es war seine Zahnbürste.

Joyce muss es aus ihrer Kosmetiktasche gezogen haben.

Jesus ... sie hatte keinen Ersatz.

Ich müsste ... oh, Jesus.

Sie würde kommen.

Sie war so verdammt hart.

Und mit einer unwillkürlichen Reaktion auf die Stimulation schürzte Vicky ihre Lippen und küsste, was vor ihr war und was sich als muskulöser Arsch ihrer Mitbewohnerin herausstellte.

"Oh Baby, das fühlt sich so gut an." Joyce schnurrte. "Hast du jemals jemanden diese Muschi ficken lassen? Ich meine, wirklich ficken?"

"Mmmmmmm", stöhnte Vicky und spreizte ihre Beine so weit sie konnte.

"Lass uns langsamer werden, Baby", sagte Joyce. "Wir haben die ganze Nacht."

Joyce benutzte die Zahnbürste an Vickys Brustwarzen und schob sie dann in ihrem Schlitz auf und ab.

Aber nicht genug, um das Mädchen über den Rand zu schicken.

Sie lächelte böse.

Sie wurde gut darin.

Vicky stöhnte.

Ihre Hüften pumpten und begrüßten die hochfrequenten Vibrationen, wann immer Joyce es für angebracht hielt, sie dort hinunterzuschieben, wo es ihr am besten tat.

Oh mein Gott.

Sie würde kommen.

Sie würde sehr hart kommen.

Und in diesem Moment zog Joyce ihre Zahnbürste zurück und tätschelte Vickys erregten Sex.

"Oh Gott ...", keuchte Vicky, ihre Hüften stießen und starben an dem Kontakt.

Sogar für diese stechenden Streicheleinheiten, die sie vom Höhepunkt verdrängten.

Sie versuchte, ihre gefangenen Arme zu befreien.

Sie versuchte eine Sensation zu finden, um sie an ihre Grenzen zu bringen.

Die arme Vicky wusste nicht, was sie tun sollte.

Obwohl ihr Körper einige Ideen hatte.

Er küsste wieder den muskulösen Hintern vor ihrem Gesicht.

Er küsste ihn und küsste ihn noch mehr.

"Mmmm ...", sagte Joyce und fuhr langsam mit einer Hand auf Vickys geschwollenen Sex zu.

Legen Sie die andere Hand auf ihr Gesäß und strecken Sie sie aus.

Vicky konnte das zerknitterte, verbotene Loch ihrer Mitbewohnerin weit offen sehen.

Nicht.

Er hatte den Hintern des Mädchens nur geküsst, weil sie sonst nichts zu küssen hatte.

Sie hatte jedoch nicht die Absicht, das zu küssen.

Kein Bisschen.

Doch Vicky konnte fühlen, wie nahe die vibrierende Zahnbürste ihrem schmerzhaften Geschlecht war.

Sehr, sehr nah.

Vicky traf eine schnelle Entscheidung.

Sie würde Joyce noch mehr lecken, wenn das Mädchen sie dann zum Höhepunkt bringen würde.

Nur dass sie das richtige Loch lecken würde.

Vicky beugte ihren Hals in einem komplizierten Winkel und versuchte, mit ihrer Zunge Zugang zu Joyces Sex zu bekommen.

Oh nein nein! Dachte Joyce.

Er spielte mit Vickys Brustwarze mit der Zahnbürste und benutzte seine andere Hand, um mit der anderen Brustwarze zu spielen, kreiste und zog gelegentlich daran, manchmal grausam.

Dann stellte er die Behandlung auf die andere Brust um, bevor er schließlich die vibrierende Zahnbürste nahe an Vickys Geschlecht schob.

Sie begann leicht mit dem Kopf auf den geschwollenen Kitzler ihrer Mitbewohnerin zu klopfen.

Gott, ich komme, war Vickys einziger Gedanke.

Er konnte nicht glauben, was mit ihm geschah.

Sie konnte nicht glauben, dass sie im Begriff war ... sie schürzte die Lippen und küsste ihn.

Er küsste den engen, verzogenen Anus, den Joyce ihm zeigte.

Oh Gott. Oh Gott.

Ich kann nicht glauben, dass das passiert, dachte Joyce bei sich.

Sie schwelgte im Moment, wollte aber mehr.

Sie begann die Zahnbürste wieder auf und ab von Vickys nassem Schlitz zu schieben.

Das Mädchen an den Rand bringen.

Sie sah zu, wie ihre Hüften rutschten und pumpten.

Bietet ihr jetzt durchnässtes Geschlecht zur Stimulation an.

"Böses Mädchen." Flüsterte Joyce.

Und er peitschte diese geschürzten Lippen mit seiner Handfläche.

Ohrfeigen, die hart genug sind, um zu stechen, und daher gibt es für Vicky keine Frage, wer verantwortlich war.

KAPITEL 7

Als ob Vicky an diesem Punkt irgendwelche Zweifel hätte.

Das einzige, woran sie denken konnte, war das schmerzende Bedürfnis tief in ihrem Inneren, das Stimulation brauchte.

Das war es, was er brauchte, um eine Art Aufregung für seine verzweifelte Freilassung zu finden.

Er dachte nicht mehr an die Schande oder was er falsch machte.

Seine einzigen Gedanken waren dort zwischen ihren Schenkeln zentriert und dass die Empfindungen, die er dort empfing, mit dem verbunden waren, was er mit seinen Lippen und seiner Zunge tat.

Weil Vicky diese verbotene Öffnung lange mit leichten vorläufigen Küssen besetzt hatte.

Jetzt leckte sie.

Sie küsste sich ernst.

Sie tastete mit ihrer Zunge.

Sie so gut er konnte hineinfahren.

"Das ist sehr schmutzig", gurrte Joyce. "Und ich dachte du wärst einfach gut darin dich anzuziehen, als du eigentlich ein bisschen pervers warst. Denkst du ich sollte dich rennen lassen? Bist du mein kleiner Perverser?"

"Mmmmmmm ... ja ...", murmelte Vicky, ihr Mund fest auf den straffen Arsch ihrer Mitbewohnerin gepflanzt.

"Dann bring diese dreckige kleine Muschi von dir hierher, wo ich sie erreichen kann", sagte Joyce. "Und beeilen Sie sich besser, bevor diese Batterien leer sind."

Die arme Vicky krümmte ihr Becken mehr, um ihrer Mitbewohnerin einen besseren Zugang zu ermöglichen.

Er stellte jedoch fest, dass das Summen der Zahnbürste immer noch zu weit entfernt war.

Verlockend, aber unerreichbar.

Vicky bog ihr Becken noch mehr.

Er spürte kurz die elektrische Berührung.

Oh Gott.

Es war immer noch nicht genug.

Er hob die Füße und dann die Knie.

Ihre Hüften berührten nicht mehr den Boden.

Das würde sicherlich reichen.

Es war einfach nicht genug.

"Bitte ...", murmelte Vicky.

"Willst du es nicht?", Scherzte Joyce. "Komme und nimm es."

Oh, wie sie es wollte.

Vicky stand auf Zehenspitzen und schob ihr Becken zum letzten Mal nach vorne.

Ihre Waden und Schenkel zitterten.

Sie konnte diese Position nicht lange halten.

Er betete, dass es groß genug war.

Joyce berührte ihren geschwollenen Kitzler und ihre Lippen mit der Bürste und zählte 'Uno' in ihrem Kopf.

Dann nahm er ab und zählte 'Zwei. Drei '.

Dann wieder auf für eine 'Eins'.

Dann zurück für zwei weitere.

Auf und ab.

An und aus.

An und aus.

Joyce hob die Hand und zog Vicky auf ihren Hintern.

Verdammt, diese Zunge war göttlich mit einem Großbuchstaben D.

Er könnte sich an diese Art der Verwöhnung gewöhnen.

"Ich werde nicht mehr lange so durchhalten ... Ich werde nicht lange durchhalten ... Ich kann nicht ... Ich kann nicht ..." wiederholte Vicky in ihren Gedanken.

Seine Muskeln brannten.

Sein Oberschenkel hatte einen Krampf.

Er wollte unbedingt sein Bein strecken und darauf warten, dass der schmerzhafte Knoten nachließ, aber er hatte Angst, das Gefühl der Zahnbürste wieder zu verlieren.

Es war schwer zu atmen, gefangen unter dem muskulösen Gesäß ihrer Mitbewohnerin.

Er blieb in Position und ignorierte ihre protestantischen Glieder und Bänder, leckte immer noch ihren Anus so viel er konnte.

Das wundervolle Gefühl begann tief in ihrem Bauch.

Oh verdammt.

Die akkumulierte Wärme.

Dann schien alles herauszulaufen ... wie eine riesige Flutwelle.

Cumming.

Oh Gott, sie kam.

Nie zuvor hatte sie einen Höhepunkt dieser Größenordnung gespürt.

Sogar Joyce war eifersüchtig auf die Reaktion ihrer Mitbewohnerin.

Die wackeligen Beine, das durchdringende Geschlecht, das laute Stöhnen unter ihrem Arsch, der Saftstrahl des Mädchens, der auf den Fliesenboden lief.

Oh ja, es war ein verdammt großer Höhepunkt.

Joyce war sich sicher, dass ein solcher Orgasmus für ihre Mitbewohnerin nicht ausreichen würde.

KAPITEL 8

Und es war nicht genug.

Sicher, Vicky sagte sich, dass sie sich nie wieder so verhalten würde.

Aber am nächsten Tag musste Vicky darüber nachdenken, was mit ihrer Mitbewohnerin passiert war.

Missbraucht werden.

Prügelstrafe.

So grausam verspottet zu werden.

Als die Zeit, in ihr Schlafzimmer zurückzukehren, näher rückte, wurde sie immer ängstlicher.

Würde Joyce ihr etwas antun, wenn sie zurückkam?

Wollte sie, dass Joyce etwas mit ihr machte?

Vicky konnte sich verschwitzt fühlen.

Er konnte fühlen, wie ihr Höschen nass wurde.

Gott ... was ist, wenn Joyce das merkt?

Ich würde annehmen, Vicky würde mehr wollen.

Mit zitternden Fingern steckte Vicky den Schlüssel in das Schloss ihrer Schlafzimmertür und schloss ihn auf.

Joyce war dort an ihrem Schreibtisch ... und erkannte nicht einmal ihre Anwesenheit an.

Vielleicht war all diese Angst umsonst gewesen.

Die Stille wurde unangenehm.

"Hi ...", platzte Vicky heraus und verfluchte ihre zögernde Rede.

"Oh hi Vicky", sagte Joyce und drehte ihren Stuhl, um sie anzusehen.

Vickys Blick huschte wie ein Magnet zwischen den Schenkeln ihrer Mitbewohnerin.

Das Mädchen trug einen kurzen Rock und kein Höschen.

Sein lockiger kleiner Schlitz war da und starrte sie frech an.

Schämte sich das Mädchen nicht?

"Ich habe an dich gedacht", sagte Joyce, als sie aufstand und zu ihrer Mitbewohnerin ging, die mitten in der Tür gefroren war.

"Du warst?" Vicky antwortete.

Seine Wangen brannten hellrot.

Was war das für eine Antwort?

Sie konnte nicht klar denken.

"Ich dachte, meine Fotze fühlte sich so einsam an", sagte Joyce und wirbelte eine Haarsträhne von Vicky herum.

Sein Griff bewegte sich zu Vickys Nacken.

"Er ist traurig und muss aufmuntern."

Die Symbolik der Hand um ihren Hals war klar und Vickys Herz raste, als sie sah, wie ihre Mitbewohnerin ihren Rock hochkletterte und anfing zu arbeiten.

Er wurde langsam erregt, als sie ihre nassen Finger entfernte und sie an Vickys Lippen brachte.

Er sollte das nicht tun, sagte sich Vicky, obwohl sich ihre Lippen teilten und an dem angebotenen Finger seiner Säurebeschichtung saugten.

"Du hast zu viele Klamotten an", sagte Joyce, als sie ihre Mitbewohnerin auszog und das Mädchen nur in einem Paar Socken zurückließ.

Ich denke das ist es, dachte Vicky bei sich.

Jetzt lieben wir uns.

"Ich dachte, wir könnten heute ein anderes Spiel spielen", sagte Joyce, als sie den Schal um ihren Hals entfernte, ihn an Vickys Kopf band und ihn in einen provisorischen Verband verwandelte.

"Du hast gestern gute Arbeit geleistet und meine Muschi geleckt", sagte Joyce, als sie Vicky zu ihrem Schreibtisch führte. "Aber heute werde ich dir zeigen, was ich wirklich mag."

Mit einem krummen Lächeln streckte Joyce die Hand aus und drehte die Jalousiestange.

Ihr Blickwinkel erlaubte dem Mädchen nun, das Schlafzimmer vor sich zu sehen, und jeder, der aus dem Fenster schaute, konnte sie sehen.

Die Nasenlöcher flackerten und er rutschte näher an die Wand.

Sie war sich sicher, dass niemand etwas über ihrer Taille sehen konnte.

Aber die arme Vicky.

Vicky war direkt in Sicht.

"Es beginnt mit meinen Füßen", sagte Joyce und brachte einen Fuß an Vickys Lippen.

Lachen, aber ihren Fuß bei der kitzelnden Berührung ihrer Lippen und dem heißen Atem ihrer Mitbewohnerin zurückziehen.

"Das kitzelt."

Und von dort an diesem Tag war alles Unterricht.

Vicky lernte seine Füße zu lutschen.

Sich gegenseitig lecken.

Küssen Sie Waden und Knie.

Zwischen den verlängerten Oberschenkeln hacken.

Atme deinen heißen Atem bei Joyces Sex.

Küss die Lippen ... da unten.

Leck die Rille.

Arbeiten Sie mit Ihrer Zunge am Kitzler Ihres Mitbewohners, um einen Höhepunkt zu erreichen.

Streichen Sie vorsichtig mit der Zunge über die Klitoris.

Streicheln Sie die harten Brustwarzen mit Ihren freien Händen.

Streichle alles.

Sie arbeitete schneller an ihrer Zunge, als Joyce kommen wollte, und wurde langsamer, als das Mädchen aus ihrem Orgasmus herauskam.

Vicky hörte, wie Joyce sich wieder bewegte und fragte sich, ob sie an der Reihe war, Liebe zu machen.

Aber Joyce hatte andere Pläne.

"Komm näher", sagte Joyce, die jetzt zum Schreibtisch blickte und sich vorbeugte. "Ich habe eine Überraschung für dich".

Vicky beugte sich näher, als sie besorgt die Stirn runzelte.

Was für eine Überraschung hatte Joyce für sie im Sinn?

Als er näher kam, gab es keinen Zweifel daran, was Joyce ihm anbot, indem er sich umdrehte und sich bückte.

Ihr wunderschöner Arsch.

In diesem Moment drehte sich Joyce um und packte Vickys Pferdeschwanz und drückte ihn fest.

"Leck es", knurrte Joyce und brachte Vickys Kopf näher an ihren Schritt.

Es war ein Befehl.

Mit einem Schauder gab Vicky ein leises Miauen der Verzweiflung.

Dies schien nicht ganz fair zu sein, da sie genau diese Stelle in der Nacht zuvor geleckt hatte.

Aber wenn sie nicht mehr so aufgeregt wäre, hätte sie sich sicherlich geweigert.

Inzwischen war es jedoch eine Stunde her, in der Joyce kam, und sie hatte es immer noch nicht getan.

Sie wollte nichts vermasseln, bevor sie an der Reihe war.

Seine Zunge glitt zwischen ihren Lippen und ihrem Anus hervor und begann zu lecken.

"Mmmmmmm ...", stöhnte Joyce, als sie ihren Kitzler mit ihren Fingern streichelte und die Empfindungen ihres Hinterns genoss. "Gutes Mädchen."

"Du bist eine dreckige kleine Schlampe", keuchte Joyce. "Wissen Sie?"

Mit ihrem sonst besetzten Mund stöhnte Vicky als Antwort.

Joyce rieb sich schneller, ihr Oberkörper ruhte auf dem Schreibtisch, da ihr linker Arm ihr Gewicht nicht tragen konnte.

Oh verdammt!

Und der nächste Orgasmus durchfuhr sie wie ein Lauffeuer.

"Steh auf und warte hier", sagte Joyce, als sie von ihrem Orgasmus heruntergekommen war.

Sie nahm Vickys Zahnbürste aus ihrem Kulturbeutel.

Ein kleines Keuchen entkam Vickys Lippen, als sie das vertraute Summen so nah an ihrem Ohr hörte.

Joyce spielte mit ihrer Mitbewohnerin und fuhr mit ihrem vibrierenden Kopf über Vickys erogene Zonen.

Vickys Körper zitterte jedes Mal, wenn sie spürte, wie der summende Kopf ihr Geschlecht berührte ...

Das Gefühl war zu intensiv und umso mehr, als er immer noch die Augenbinde trug und sich nicht auf den Kontakt vorbereiten konnte.

Doch mit jeder Berührung zitterte sein Körper immer weniger, als er sich akklimatisierte.

"Hast du heute Morgen gebürstet?" Neckte Joyce, als sie Vickys Mund mit dem Kopf der Zahnbürste berührte.

"Ja ...", schaffte es Vicky und drehte ihren Kopf, um zu verhindern, dass die sexgetränkte Bürste in ihren Mund gelangt.

"Komm schon", drängte Joyce und wechselte zwischen Vickys Muschi und dem Versuch, die Bürste durch den fest geschlossenen Mund des Mädchens zu führen.

Der Nervenkitzel der Kraft heizte sie wieder auf.

"Komm schon. Du weißt, dass du es willst. Mundhygiene ist sehr wichtig ... Ich weiß auch, wo dein Mund war. Es braucht eine gute Reinigung."

"Nein", keuchte Vicky und presste die Lippen fest zusammen.

Er hatte es aufgegeben, den Kopf zu drehen, und jetzt summte die Zahnbürste zwischen seinen Lippen und vibrierte gegen seine Zähne.

Er konnte den moschusartigen Gestank ihres Geschlechts auf der Bürste riechen.

Sie konnte das nicht tun.

Sie ... ihre Zähne teilten sich.

Ich konnte ihre mit Minze vermischten Säfte schmecken.

"Öffne es vollständig." Sagte Joyce.

Vicky öffnete den Mund.

Gott, es war so demütig.

Sie fühlte sich so hilflos, als ihre Mitbewohnerin die Bürste über ihre Zähne und Zunge fuhr.

Joyce senkte die Bürste wieder und arbeitete das Geschlecht ihrer Mitbewohnerin aus.

Das Mädchen wieder in Raserei versetzen.

"Geh wieder auf die Knie", befahl Joyce.

Vicky hatte sich noch nie so gedämpft gefühlt wie damals, als sie niederkniete und ihre Mitbewohnerin sie weiter bürstete und neckte.

"Ich werde es in deine Muschi stecken", scherzte Joyce. "Nein, dreh dich diesmal um. Doggy Style, sicher, dass du gerne fickst, dünne Schlampe."

Vicky wurde noch roter, als sie sich umdrehte und versuchte, ihren Arsch auf der vibrierenden Bürste zurückzurollen, damit er ihren Kitzler berührte.

Er war jedoch zu hoch und schlug ihr wirklich auf den Arsch.

Und Joyce war nicht kooperativ.

"Du willst es, komm und hol es", lachte Joyce. "Komm schon. Höher ... höher ..."

Die arme Vicky musste auf Händen und Knien aufstehen ...

Er stand fast aufrecht, aber jetzt stützte er seinen Oberkörper mit den Händen auf dem Boden.

Es war nicht bequem ... nicht lange.

Aber sie würde sich nicht lange unwohl fühlen müssen, seit die Bürste sie fast zum Höhepunkt gebracht hatte.

Nur eine kleine Berührung mit ihrem Kitzler und es würde wie eine Rakete losgehen.

"Wieder der Mund", sagte Joyce, als sie das Zittern an der Wirbelsäule ihrer Mitbewohnerin bemerkte.

"Bitte ..." Vicky stöhnte, ignorierte den Befehl und drückte sich immer härter auf Zehenspitzen.

Er war zu nahe, um es jetzt nicht mehr zu versuchen.

"Ich sagte Mund", Joyce 'Stimme nahm einen harten Ton an, als sie die Bürste entfernte.

Mit einem enttäuschten Stöhnen rollte Vicky sich herum und kniete schnell.

Die Zahnbürste hörte nicht auf zu klingeln, aber anstatt diesmal ihre Zähne zu putzen, ließ er sie die Säfte vom Zahnbürstenkopf saugen.

"Perverse kleine Schlampe", sagte Joyce. "Du wirst gut darin. Jetzt dreh dich wieder um und versuche abzuspritzen."

Vicky musste nicht zweimal informiert werden.

Er drehte sich um und suchte erneut nach Kontakt mit der Bürste.

Sie hatte immer noch die Augen verbunden, also wusste sie nicht, dass Joyce die Bürste jedes Mal wegschob, wenn sie näher kam.

Damit sie dafür arbeitet.

Wölbung des Rückens.

Hüften suchen.

Beine zittern.

Bis er endlich Kontakt aufnahm.

"Oh verdammt ..." Vicky stöhnte.

Ich dachte nicht mehr daran, wie peinlich es schien.

Sie war wie ein Tier.

Sein Körper wollte sich befreien ... er brauchte es.

"Fuck ... fuck ... oh mein ... oh mein ...", schrie Vicky in einem hohen, atemlosen Ton.

Schneller und schneller stöhnte sie.

Heiße Milch lief über ihre Beine.

KAPITEL 9

Zuerst dachte Joyce, ihre Mitbewohnerin sei wütend geworden, aber dann merkte sie, dass sie angekommen war.

Wow komm schon.

Joyce lächelte und drehte die Bar, so dass die Jalousien geschlossen wurden.

"Sie können jetzt die Augenbinde entfernen", sagte sie zu der niedergeworfenen Gestalt ihrer Mitbewohnerin, die erschöpft auf dem Fliesenboden lag und sich fast in ihren eigenen reichlichen Säften wälzte.

Vicky entfernte die Augenbinde, hatte aber nicht die Energie, vom Boden aufzustehen.

Er bezweifelte, dass er es jemals schaffen könnte.

Aber weniger als eine Minute später wurde ihr kalt und sie schämte sich für das Display, das sie machte, als sie nackt auf dem kalten Fliesenboden lag.

Wenn sie nur wüsste, dass sie im Schlafzimmer gegenüber dem Fenster viel mehr gesehen hatten.

Die meisten hatten sich angewidert abgewandt.

Einige machten Fotos, um sie später anzusehen.

Aber einige hatten bis zum Ende zugesehen.

Er hatte das Licht und all ihre eifrigen Klitoris ausgeschaltet.

Das Bild des Mädchens im Kopf behalten.

Wenn sich die Gelegenheit bot, würden sie auch mit diesem Arsch und dieser Muschi spielen wollen.

Eines dieser Mädchen fragte ihre Mitbewohnerin:

"Sie kommt mir bekannt vor. Hast du sie in einer deiner Klassen gesehen?"

"Nein, aber ich habe es gesehen, als ich an der Computerklasse vorbeigegangen bin", sagte der andere. "Sie ist eine Art Computerfreak."

"Welcher Tag und welche Zeit?"

"Morgen um drei Uhr nachmittags"

"Ich wette, wenn wir sie irgendwohin bringen, wird sie tun, was wir wollen."

"Und ich möchte eine Menge lustiger Dinge mit ihr machen." Sagte er als er die Säfte von seinen Fingern saugte.

"Ich auch." Sagte der andere saugte an einem Finger.

"Es könnte laut werden."

"Dann lass uns sie in unser Schlafzimmer bringen."

"Glaubst du, sie wird kommen?"

Das andere Mädchen nahm eine elektrische Zahnbürste und schaltete sie ein.

Seine Augen leuchteten im Dunkeln.

"Oh, ich habe das Gefühl, dass er es tun wird, wenn ich ihm das zeige. Außerdem habe ich ein paar Fotos gemacht und ich wette, er möchte nicht, dass sie auf dem Campus verteilt werden.

ENDE

NACH DEM UNTERRICHT

KAPITEL 1

Ich bin ein moderner Tanzlehrer und vor ein paar Wochen ist ein neues Paar in meiner Tanzklasse aufgetaucht.

Sie waren das absolute Bild des physischen Zustands der Skipisten, die Art von Person, die in Skigebieten wie den Schweizer das Tempo vorgab.

Ich erfuhr bald, dass sie beide Wettkampfskifahrer waren und meine fortgeschrittene Tanzklasse als Teil ihres Regimes besuchten, um sich für die Strapazen der kommenden Winterskisaison fit zu machen.

Ich sprach ein paar Mal kurz mit ihnen und fand heraus, dass sie verheiratet waren.

Der Mann war sehr gutaussehend, aber er war ein echter Idiot.

Die Art von Kind, die seit der High School der Kapitän von diesem und dem von dem war, und all das ging ihm in den Kopf.

Ein hübscher, aber arroganter Idiot, der dachte, er sei ein Glücksfall für Frauen.

Aber die Frau war etwas anderes.

Sie war süß und höflich, sogar ein wenig schüchtern und zurückhaltend.

Und doch war sie ein ebenso perfektes Exemplar wie ihr Ehemann, eine wahre Schönheit.

Aber irgendwie schien es ihm nicht in den Sinn gekommen zu sein.

Als schwule Frau konzentrierte ich mich natürlich auf sie.

Diese große und unglaublich fitte Skifahrerin kribbelte mich jedes Mal ein wenig, wenn ich in meine Tanzklasse ging.

Und als sie ihren engen Trikotanzug trug, machte sie meine Knie schwach.

Die einzige Enttäuschung war, dass sie immer von diesem Idioten ihres Mannes begleitet wurde.

Während Stella, so hieß sie, süß schüchtern war, gab es auch ein sehr merkliches erotisches Leuchten oder Leuchten in ihr, zumindest schien sie es zu sein.

Außerdem war etwas in der Art, wie er sich bewegte.

Stella, eine natürliche Tänzerin, hatte die körperliche Anmut einer gut stilisierten Katze.

Sie war eine coole Blondine mit großen haselnussbraunen Augen und hatte die süßesten Sommersprossen, die ich je auf ihrem Gesicht gesehen hatte.

Ich glaube nicht, dass ich von ihr angezogen und fasziniert gewesen wäre, wo immer ich sie gesehen hatte, aber in einem Tanzkurs fällt alles auf.

Frauen in Trikots oder Leggings, deren Körper mit dem Schweiß bedeckt sind, der durch kräftiges Tanzen entsteht.

Für viele stinkt die ganze Umgebung nach Sex.

Obwohl ich einen attraktiven Mann schätze, einen gut geformten, gesunden und eleganten männlichen Körper, bedeuteten mir diese Körper sexuell nichts.

Aber mit meinen Schülern war es eine ganz andere Geschichte.

Als ich anfing, fortgeschrittenen modernen Tanz und Ballettunterricht zu geben, wurde ich immer mehr erregt, immer promiskuitiver, als ich all diese fitten und attraktiven Frauen sah.

Ich würde ein oder zwei Schönheiten aus meiner Klasse auswählen und über sie phantasieren.

Und nur wenige Frauen haben in meinem Kopf mehr fieberhafte, erotische Fantasien geweckt als die schöne und sexy Stella.

Ich begann über diese große, junge, sportliche Frau zu träumen.

Mit ihrer schlanken Taille, ihrem harten Bauch vom Bügelbrett, ihren schönen Brüsten und Beinen sah sie sie immer an, wenn sie sich umzog.

Und als ich sie nach dem Duschen einmal nackt in der Umkleidekabine sah, begann sich mein Kopf buchstäblich zu drehen.

Ich war so aufgeregt.

KAPITEL 2

Und eines Nachts kam Stella alleine ohne ihren Ehemann zum Unterricht.

Sie war nervös, obwohl sie nicht genau wusste warum.

Ich hatte ein bisschen mit ihr geplaudert, aber es gab nie Anzeichen dafür, dass sie für mich mehr als ein Fantasy-Objekt sein könnte.

Trotzdem war es toll, sie dort ohne ihren Ehepartner zu sehen.

"Hi", sagte ich in der Umkleidekabine, als ich sie nach dem Duschen abtrocknen sah.

Als ich sie in diesem Zustand sah, musste ich mich natürlich zurückhalten.

"Wo ist dein Mann heute Nacht?"

"Oh, er musste einen Ausflug machen, da er einige Skigebiete unterstützt", sagte er.

Sie sah mich an, als wollte sie etwas anderes sagen.

"Darf ich Sie etwas fragen?" sie sagte schließlich. "Ich hoffe, ich bin nicht anmaßend und du wirst nicht böse. Ich denke mir das vielleicht aus. Aber ich habe bemerkt, dass du mich angesehen hast. Und du hast mich auf eine - ähm - besondere Weise angesehen. Wenn ich es nur erfunden habe, tut es mir leid. viel. Aber ich dachte, ich sollte fragen ... "

Sie sah schüchtern nach unten und hatte Probleme, weiterzumachen.

"Weiter", drängte ich.

"Nun, ich habe mich gefragt, ob du es vielleicht bist. Oh, es ist so schwer für mich, das zu sagen. Ich habe mich gefragt, ob du vielleicht von Frauen angezogen bist."

Ich holte tief Luft und fragte mich, wie ich reagieren sollte.

Ich war ein wenig überrascht, dass sie das in mir bemerkt hatte und spürte, dass etwas Sexuelles in der Art war, wie er sie ansah.

Obwohl ich einige Frauen in der Klasse oft so empfand, tat ich mein Bestes, um es nicht preiszugeben, professionell zu bleiben und nicht so zu handeln, als würden sie einen Pass für mich oder so machen.

Aber sie war auch aufgeregt, dass all dies herauskam.

"Nun, ich bin tatsächlich von Frauen angezogen", gestand ich.

"Du bist nicht schwul, oder?" Sie fragte.

"Ich bin schwul", sagte ich unverblümt.

"Und hast du selbst über diese Dinge nachgedacht?" Ich fragte, versuchte diskret zu sein, stellte aber sicher, dass sich dieses Gespräch in die von mir gewünschte Richtung bewegte. "Hast du eine sexuelle Anziehungskraft auf Frauen?"

"Nun, wie Sie sehen können, bin ich verheiratet und hetero und so. Aber ich wollte immer versuchen, mit einer Frau intim zu sein und zu sehen, worum es ging."

Sie hätte nicht offener sein können, ein sehnsüchtiger Ausdruck auf ihrem Gesicht.

"Glaubst du, du könntest mich vielleicht unterrichten? Schließlich bist du mein Tanzlehrer, vielleicht kannst du mich in einer anderen Art von kräftiger körperlicher Aktivität unterweisen, wie kann ich das sagen?"

Sie holte tief Luft.

Ich glaube, sie war überrascht, dass sie so stumpf und fast frech sein konnte wie sie.

"Vielleicht kann ich", sagte ich, als wir uns kühn ansahen.

Er sprach davon, dass Träume wahr werden!

Das Überraschendste an all dem war natürlich, dass wir dieses Gespräch führten, während sie nackt war.

Ich besuchte sie in der Umkleidekabine, gleich nachdem sie geduscht hatte und abtrocknete.

Und das war der Zustand, in dem er sich befand, als er mit mir über die Möglichkeit sprach, ihn in die Freuden des mädchenhaften Sex einzuführen.

Als ich mich umsah, um sicherzustellen, dass keine anderen Frauen in Sicht waren, schob ich meine Hand zwischen Stellas Beine und drückte sie sanft.

Sie schloss die Augen und seufzte, als sie das fühlte.

"Ich werde dafür sorgen, dass du dich sehr, sehr gut fühlst, Stella", flüsterte ich. "Das kann ich versprechen."

"Oh, ich hoffe es wirklich!" sagte er mit Nostalgie, Zärtlichkeit und Vorfreude in seiner Stimme.

"Das werde ich", sagte ich und beugte mich vor, um ihn sanft zu küssen.

"Weißt du, wir können zu mir nach Hause gehen", sagte sie, "wie ich dir gesagt habe, mein Mann ist nicht in der Stadt."

"Ich würde gerne mit dir zu dir kommen. Aber lass mich zuerst reinkommen und duschen. Es war harte Arbeit heute Abend. Du bist schon nett und sauber, aber ich bin immer noch klebrig und verschwitzt."

"Oh, bitte bleib so, so wie du bist", sagte er und zog an meinem Arm. "Ich würde es lieben, wenn du so bleibst, wie du bist. Wenn du unterrichtest, sehe ich dich schwitzen und ich sehe die Flecken unter deinen Armen und den Schweißfilm auf deinem Rücken, wenn du dich umdrehst. Irgendwie sehe ich, wie dir das alles gefällt Ich bin sehr aufgeregt. "

So hübsch war Stella und ich hatte ein bisschen Fetisch für meinen Schweiß.

Hmmmmm?

Ich begann meine Hoffnungen auf sie zu wecken.

"Sehr gut", sagte ich ihm. "Ich werde mit all den schönen verschwitzten Gerüchen gehen."

KAPITEL 3

Als wir ihr Haus betraten, war sie schon bei mir.

Da dies sein erstes Mal mit einer Frau sein würde, erwartete ich, dass er ein bisschen zögern würde.

Das stimmte aber überhaupt nicht.

Als wir durch die Tür gingen, war ich bereits von scheinbar unersättlichem Verlangen entzündet.

Sie umarmte mich so fest und küsste mich so intensiv, ihre Lippen teilten sich, ihre Zunge flog in meinen Mund, dass ich dachte, es würde mir den Atem rauben.

Und wie er mir in die Augen sah, als er mich umarmte und sich mir ergab, war, als ob er Zuneigung genauso brauchte wie alles andere.

Ich kannte dieses Gefühl.

Ich nahm seine Hand und bat ihn, mich in sein Zimmer zu bringen.

Dort ziehen wir uns schnell aus und schnappen beide vor Aufregung nach Luft.

Ihre haselnussbraunen Augen pochten und funkelten vor Verlangen.

Ich schob sie sanft auf das Bett und kuschelte mich neben sie.

Wieder küssen wir uns tief und zärtlich, unsere Hände gleiten sanft über die Körper des anderen.

Er spreizte seine Beine weit, als meine Finger über seinen Bauch fielen.

Sie war bereit!

Als ich ihre Muschi berührte, bemerkte ich, dass sie dort unten schon völlig nass war.

"Ich werde dafür sorgen, dass du dich so gut fühlst!" Ich flüsterte ihm zu.

Ich brachte langsam meine Lippen zu ihrem Hals.

Sie roch nach dem Duschen sehr süß und ihre Haut war glatt und seidig.

Als sich meine Lippen zu ihren Brüsten bewegten, stöhnte sie so eifrig, dass es mir fast das Herz brach.

Sie hatte schöne Brüste und kleine dunkle Brustwarzen, ein seltsamer Kontrast zu ihrer blassen Haut.

Ich quälte sie, küsste und leckte langsam jeden Zentimeter ihrer Brüste und saugte an beiden Brustwarzen.

Ihr Atem war jetzt schwer, als ich meinen Kopf gegen ihre Brüste drückte.

"Ja ja!" murmelte sie, ihre Augen fest geschlossen, ihr Gesicht zu einer Grimasse, die fast wie Schmerz aussah, aber sie wusste, dass es das intensive Bedürfnis war, befriedigt zu werden, überwältigt von Zuneigung und den Freuden neuer Freuden.

Meine Lippen bewegten sich tiefer, als ich ihren Bauchnabel leckte, und dann weiter weg, als ich die Locken ihres Schamhaars an meinen Lippen spürte.

"Oh!" sie schnappte unkontrolliert nach Luft.

Jetzt war er zwischen ihren Beinen und starrte auf ihre Muschi.

Sie hatte auch eine schöne Muschi, sehr klein, mit perfekt gravierten Lippen.

Und im Schlitz war ihr Kitzler, glänzend und rund wie eine süße Erbse.

Ich küsste diese empfindliche Erbse sehr sanft und als ich das tat, zitterte ihr ganzer Körper.

"Oh ja ja!" murmelte er, seine Wünsche wurden endlich erfüllt.

Ich habe jetzt mit ihr gespielt.

Ich habe es verschlungen, ich habe es konsumiert!

Er drückte ihr Becken wild gegen meine neugierige Zunge und bettelte um sie!

Verzweifelt danach!

"Oh ... es ist so gut ... und es fühlt sich so gut an!" sie schnappte nach Luft.

Ich zeigte meine Beherrschung der cunnilingualen Zunge, bis sie buchstäblich unter den Liebkosungen meiner Lippen und meiner Zunge explodierte, in einem sengenden Höhepunkt, der sie überwältigte und verschlang.

KAPITEL 4

Ich kehrte zu ihrem Gesicht zurück und wir küssten uns. Stella genoss die Nässe ihrer eigenen Muschi auf meinen Lippen.

"Das war erstaunlich. Ich habe mich noch nie so gut gefühlt!", Sagte sie und schüttelte verwundert den Kopf mit großen Augen, als sie erkannte, dass sie auf eine neue Höhe des Vergnügens gebracht worden war.

Ihr Mann sah so robust und männlich aus.

Aber diese eitlen, selbstsüchtigen Typen sind oft miese Liebhaber.

Wie viele andere sehr attraktive Frauen hat Stella möglicherweise weit weniger Freude an ihrem Sexualleben gehabt, als irgendjemand aufgrund ihrer Schönheit und ihres offensichtlichen Sexappeals erwarten würde.

"Das war schön, du hast dich so gut gefühlt", sagte ich und küsste sie.

Seine Lippen teilten sich, als er meine berührte, unsere Zungen suchten einander, unser Atem war süß, heiß und intim.

"Jetzt möchte ich mit dir schlafen", sagte sie aufgeregt.

Heterosexuelle Frauen machen es zum ersten Mal mit anderen Frauen, darauf hoffen sie wirklich.

Normalerweise haben Männer ihre Fotzen viel gegessen.

Aber was sie intensiv interessiert, ist die Muschi einer anderen Frau zu probieren.

Als er mich gebeten hatte, hatte ich auf Duschen verzichtet und mein ganzer Körper war immer noch schweißgebadet.

Normalerweise hätte ich mich in einer intimen Situation wie dieser ein bisschen selbstbewusst gefühlt, besonders mit einem neuen Liebhaber, aber so liebte mich Stella, schweißnass, stinkend und ungewaschen.

Jetzt überraschte sie mich, indem sie meinen Arm hob und mich dort leckte, wo es besonders nass und salzig war.

Dies war das erste Mal.

Niemand hatte zuvor meine Achselhöhle geleckt, alles verschwitzt und stinkend wie es war.

Sie saugte mich wirklich dort, gierig nach dem Geschmack meines Schweißes.

Als er es gut gewaschen hatte, senkte er den Arm und ging zum anderen.

Jetzt fuhr er mit seiner Zunge über meinen ganzen Körper und küsste und leckte mich mit einer rohen, hungrigen Leidenschaft, die für mich eine ziemliche Offenbarung war.

Ich dachte, ich würde etwas über sie verstehen.

Das erste Zeichen war seine Schüchternheit, wie er mich demütig ansah, als er mich etwas fragte.

Und dann dieser sehnsüchtige, fast unterwürfige Blick in seinen Augen.

Und mich bitten, nicht zu duschen, verschwitzt und schmutzig zu bleiben.

Sie wusste genug über verschiedene Arten von perversen Geschmäcken in Bezug auf Sex und Intimität, um zu wissen, dass dies Anzeichen für sexuelles Unterwerfungsverhalten waren, für den Wunsch, den Körper eines Liebhabers "anzubeten".

Dies war das erste Mal für mich, nicht nur mit einem passiven Liebhaber wie diesem zusammen zu sein, sondern für sie, eine schöne Frau zu sein, die zum ersten Mal Sex mit einer anderen Frau genießt.

Er war noch nie mit einer Frau zusammen gewesen, die noch nie Sex mit einer anderen Frau gehabt hatte.

Er fuhr mit seiner Zunge über meine Beine, bis er den Fuß erreichte.

Dann holte er tief Luft und verzehrte jeden Zentimeter meiner Füße, leckte die Fußsohlen und saugte an jedem meiner Finger.

Und schließlich spreizte er meine Beine und legte sein Gesicht zwischen sie, um mich zu lecken.

Aber ich habe sie aufgehalten.

"Weißt du, wo ich wirklich verschwitzt und klebrig bin?" Ich fragte ihn.

"Nein wo?" sagte sie leise keuchend und weckte Knechtschaft in ihren Augen.

"Genau dort", sagte ich ihm, drehte meinen Bauch und zeigte zwischen mein Gesäß. "Einfach da".

"Oh Gott!" Sie schnappte nach Luft, als ihr klar wurde, was ich ihr anbot ... mein Arsch.

"Geh rein und genieße es", sagte ich und öffnete mich ihr.

Ich konnte es kaum erwarten, als er sein Gesicht in den feuchten Spalt zwischen meinem Gesäß vergrub und diese warme, salzige Falte leckte, wobei seine weichen Wangen an meinem klebrigen Gesäß rieben.

"Bitten Sie mich, es zu tun", bettelte er. "Lass mich das machen."

Es stimmte also, Stella hatte eine unterwürfige Seite.

"Leck mich am Arsch!" Ich schrie "Leck es! Leck meinen verschwitzten Anus, Schlampe! Zeig mir, wie sehr du es liebst, kleine Schlampe!"

Ich streckte die Hand aus, um sein Gesicht fest zwischen mein Gesäß zu drücken, als er mit seiner Zunge tastete.

"Ich bin schweißgebadet von all dem kräftigen Tanzen und du leckst es und liebst es richtig?" Sagte.

"Ja, ja ...", sagte sie.

"Wenn das?" Ich habe gefragt.

"Ja, ich liebe es, dich verschwitzt zu lecken ... dich ..." Sie zögerte, unfähig die Worte herauszuholen.

"Mein verschwitzter Anus!" Sagte.

"Yeah yeah ... dein Arsch! Dein verschwitztes ... äh ... äh ... Loch!", Keuchte er und drehte sich wieder zu ihr um.

Nur sie benutzte das Wort "Loch" und sagte es so aufgeregt, dass es mir etwas sagte.

Ich dachte, sie würde jetzt etwas anderes ausprobieren, also schob ich sie von mir weg und setzte mich auf die Bettkante.

"Geh auf die Knie und mit den Händen auf dem Boden, Schlampe!" ich schrie

Sie ging eifrig auf die Knie und zeigte mir ihren Arsch.

Ich sah auf ihren üppigen Arsch hinunter, die Haut über ihrem festen Gesäß gespannt.

"Du bist ein böses Mädchen, nicht wahr? Ich bettele darum, meine verschwitzten Füße und meinen salzigen Arsch zu lecken", lachte ich.

"Ja, ja, ich bin böse, ich bin schlecht!" sagte sie und drehte sich um, um mich mit einem sanften, aber tief sehnsüchtigen Blick anzusehen.

"Böse Mädchen müssen bestraft werden", sagte ich, als ich meine Handfläche über ihr Gesäß senkte und anfing, sie zu verprügeln.

"Oh ja oh ja!" sagte sie, unfähig, ihre Aufregung über die Erfüllung einer offensichtlichen Fantasie einzudämmen.

Ich war überrascht von dem, was er tat: den perfekten Hintern einer schönen jungen Frau zu verprügeln, die auf den Knien war.

Der Weg zur Untreue kann zu allen möglichen Wendungen führen, müssen Sie gedacht haben.

Nachdem ihre beiden Pobacken attraktiv rosa waren, ging ich wieder ins Bett und spreizte meine Beine.

"Jetzt kannst du meine Muschi lecken", sagte ich und zeigte auf ihn. "Hier liegt es an dir, mich jetzt anzubeten."

Er sah es an, als wäre es das Schönste, was er jemals gesehen hatte.

Was zu der Zeit genauso gut gewesen sein könnte.

Wie ich bereits erwähnt habe, habe ich ein dichtes, dichtes Gewirr von Schamhaaren zwischen meinen Beinen. Wenn ich tanze und schwitze, wirkt mein Schamstrauch natürlich fast wie ein Schwamm und absorbiert Schweiß.

Und mit meiner intensiven Erregung habe ich mich dort eingeweicht, als hätte ich nie gedacht, dass ich jemals zuvor gewesen wäre.

"Weiter, saug mir den Schweiß aus den Haaren", sagte ich und drückte seinen Kopf fest nach unten.

Er nahm Teile meines Schamhaars zwischen seine Lippen und saugte daran, als würde er an Mangosaft saugen.

Dann grub er tiefer und leckte meine erregte, verschwitzte Muschi.

Sie war roh und unbehaglich und etwas ungleichmäßig in ihren Bewegungen.

Teilweise war dies der Nervenkitzel, und teilweise war es nur so, dass sie eine Anfängerin in dem war, was sie tat.

Aber es war etwas Aufregendes an der unangenehmen Art, wie er mich dort leckte, und das war mehr als seine Technik, die mich jetzt so sehr anmachte.

Er war fast außer Kontrolle und leckte meine Muschi.

Es war, als wollte er sich dort verlieren, sein Gesicht in all dem nassen ... salzigen Fleisch vergraben ... für immer dort bleiben.

Ich ließ sie sich in meiner Nässe aalen, bis ich schließlich, viele Minuten später, diese Welle elektrischen Vergnügens spürte, als sie mich endlich zum Höhepunkt brachte.

"Wie war es? Habe ich es gut gemacht?" Sie fragte.

"Es war in Ordnung, Stella", sagte ich ihr.

"Nein, war es nicht. Ich habe das nie getan, ich weiß immer noch nicht wie", beharrte er.

Ich streichelte sanft ihre Haare.

"Du warst gut, Stella. Es ist wie zu sagen, du bist neu darin. Aber du hast mich zum Orgasmus gebracht. Sagt dir das nicht etwas?"

"Bist du ... wirst du meine Lehrerin für Sex mit Frauen sein?" Fragte er mit flehenden Augen.

"Sicher, Stella, ich werde deine Lehrerin sein", sagte ich beruhigend.

"Oh Gott!" sie sagte wie ein Mädchen. "Jetzt nehme ich nicht nur Tanzkurse mit."

"Nein, du wirst Anfänger-, Mittelstufe- und Fortgeschrittenen-Cunnilingus nehmen. Und wenn ich mit dir fertig bin, bist du bereit, deine eigenen Anfänger zu finden."

Ein Grinsen lustvoller Befriedigung erschien auf seinem Gesicht.

"Nun, wenn Sie mich entschuldigen, ich muss auf die Toilette."

Plötzlich leuchteten seine Augen auf.

"Ernsthaft ?!"

"Ja, das stimmt", sagte ich, aber ich konnte nicht anders, als nicht nur Stellas Interesse an diesen prosaischen Nachrichten zu bemerken, sondern auch ihre Aufregung.

"Ähm, kann ich mit dir reinkommen und - und - schauen?" sie stotterte.

"Willst du sehen, wie ich auf die Toilette gehe?" Ich probierte.

"Ähhh", flüsterte sie, fast außer Atem vor nervöser Erregung.

"Schau mir zu pinkeln?"

"Oh ja."

Aber das Urinieren war nicht das Einzige, was sie tun musste.

"Schau wie ich auch scheiße?"

Seine Augen weiteten sich; sie keuchte fast.

"Oh Gott ja!" Rief sie aus.

KAPITEL 5

Ich habe einmal mit einer Frau Piss gespielt.

Aber das war neu, das war anders.

Aber aus irgendeinem Grund machte es mich plötzlich an.

Vielleicht war es nur Stella, diese schöne junge Frau mit ihren seltsamen Begierden.

Oder vielleicht entfesselte eine neue Lust, von der ich nie wusste, dass ich sie hatte, in mir.

"Wo ist dein Badezimmer?" Ich fragte und folgte ihr dorthin. Stella war so aufgeregt, dass ich sie vor mir atmen hörte.

Ich ließ meinen sexy nackten Arsch auf den Toilettensitz fallen und spreizte provokant meine Beine, als Stella mit großen Augen kniete und nicht blinzelte.

"Was willst du jetzt von mir sehen?" Ich schnurrte spöttisch.

"Pee", flüsterte er. Ich dachte, ich könnte sein Herz schlagen hören.

"So", sagte ich, als ich anfing zu urinieren, kam ein starker Strom aus meinem Loch, während ich meine Lippen geöffnet hielt, damit ich eine perfekte Sicht hatte.

"Oh mein Gott!" Sie schnappte nach Luft, fast zitternd, und ich wusste, dass für sie ein Traum wahr wurde.

Sie hatte wahrscheinlich solche Fetische gepflegt, die verschwitzte Muschi und den Arsch einer anderen Frau geleckt und sich der Disziplin einer anderen Frau unterworfen, und jetzt zeigten sie plötzlich den Wunsch, auf die Toilette zu gehen.

"Ich kann es fühlen?" Fragte er, sah mich mit flehenden und erwartungsvollen Augen an, streckte eine Hand aus und wollte sie unter meinem Fluss, unter dem goldenen Urinstrom, senken.

"Sicher", sagte ich beruhigend und erlaubte es.

Er schob eine Hand mit der Handfläche nach unten und pinkelte jetzt auf seine Finger.

Er nahm diese Hand, nahm meinen Urin und führte ihn gerne zu seinem Mund.

"Stella", sagte ich, senkte meine Hand und schlang eine Hand hinter ihren Kopf, zog sie näher, "mach weiter und trink sie direkt aus dem Brunnen."

Mit atemlos erregenden Augen öffnete er seinen Mund direkt unter meinem Schlitz, als er zwischen seinen Lippen urinierte und nach dem Nektar verlangte.

"Du liebst meinen Urin, oder?"

Sie nickte, trank und beobachtete, wie sie aus ihren Lippenwinkeln pinkelte.

Ich hatte viel angesammeltes Verlangen.

Als wir in sein Haus gingen, hatte ich die Absicht, auf die Toilette zu gehen, zu pinkeln und zu scheißen und ihn dann vielleicht noch einmal zu fragen, ob ich duschen wollte, bevor wir uns auf etwas einließen.

Aber Stella ließ mich nichts davon tun, indem sie ihre ängstlichen Hände auf mich legte, als wir eintraten.

Schließlich wurde der Strom ein Rinnsal.

"Und jetzt denke ich, dass du weißt, was als nächstes zu tun ist", sagte ich halb im Scherz.

"Äh ja", sagte sie, immer noch außer Atem und schluckte, "Scheiße, Scheiße!"

"Ja, Scheiße, Stella, Scheiße, nur für dich!"

Ich konnte fühlen, wie voll ich drinnen war und bereit zu gehen, als Stella mich mit einem flehenden Blick und einer Hand auf meinem Oberschenkel stoppte.

Würde es Ihnen etwas ausmachen, sich auf dem Toilettensitz umzudrehen, damit ich sehen kann, wie er herauskommt? Fragte sie mit einem fast gequälten Gesichtsausdruck.

Das war alles sehr seltsam, aber irgendwie plötzlich ziemlich attraktiv.

Ich war immer eine experimentelle, hemmungslose Frau mit einer Vorliebe für das Fremde.

"Sicher, kein Problem", sagte ich, hob meinen Arsch vom Toilettensitz, drehte mich um und spreizte rückwärts mit dem Rücken zu Stella.

Und da ich wusste, dass ich es meistens sehen wollte, ließ ich meinen Hintern nicht auf den Toilettensitz sinken und setzte mich darauf, sondern hockte auf der Toilette, während mein immer noch verschwitzter (und gut geleckter) Anus lebhaft und vollständig ihrer Sicht ausgesetzt war.

Ich war noch nie besonders schüchtern gewesen, ein Badezimmer vor einem anderen Mädchen zu benutzen, vielleicht weil meine Eltern in jungen Jahren einige Jahre in Frankreich lebten und mich in ein Internat schickten, wo wir Mädchen öffentliche Toiletten benutzten.

Aber ich habe noch nie mit dem Gesicht einer anderen Frau geschissen, die nur Zentimeter von meinem Anus entfernt ist und geradeaus starrt!

"Hier geht's", sagte ich, ein wenig überrascht von all dem, von dem, was ich vorhatte.

Und dann fing ich an zu vertreiben, was ich für einen wirklich großen, fetten Scheißstein halten konnte.

Es wäre eines dieser beschissenen Wahrzeichen.

Ich war froh und hatte das Gefühl, dass Stella, die hinter mir kniete und zusah, auch glücklich war.

Als mein Anus geweitet war und Scheiße herauskam und das Braun sich lebhaft zeigte, schnappte Stella nur erstaunt nach Luft, als würde sie plötzlich ein Wunder der Natur betrachten.

Und vielleicht war das für sie meine Scheiße.

"So schön", flüsterte er, Zärtlichkeit in seiner Stimme, als er lächelte.

"Findest du meine Scheiße wunderschön?" Sagte ich während ich weiter scheißte.

"Oh ja!" Sie sagte begeistert: "Es macht mich sehr an, sie zu sehen, zu sehen, wie sie von deinem Arsch kommt, wie du Scheiße trägst. Ähm, kann ich sie nicht berühren?"

"Du willst meine Scheiße anfassen", sagte ich verwundert, der lange Baumstamm ragte immer wieder heraus.

"Ja, ja, ich möchte sie berühren."

"Na dann mach schon", drängte ich sie.

Ich konnte in einen Spiegel schauen, den sie an die Wand gelehnt hatte und dort neben mir sehen.

Ich sah Stella hinter mir und streckte versuchsweise ihre Finger aus. Ich sah den braunen Baumstamm aus meinem Hintern auftauchen, erstaunt darüber, wie groß und lebendig er aus diesem Blickwinkel aussah.

Und dann berührte Stella es und schob langsam ihre Fingerspitzen über den großen, fettigen braunen Steinhaufen auf und ab.

Sie hat nichts gesagt.

Aber seine Augen waren groß und fasziniert.

"Du ... denkst du, ich könnte es auch lecken?" fragte er fast flehend, seine Stimme brach.

Ich hatte gerade meinen Mund geöffnet, um meinen Urin zu entnehmen, daher war ich von dieser Bitte nicht ganz überrascht.

"Sicher, Stella, mach weiter und leck es, leck meine Scheiße", sagte ich mit kühner Stimme und drängte sie weiter. "Mach weiter, leck den Steinhaufen, heiß und frisch aus dem Ofen."

Aufgeregt beugte sie ihr Gesicht näher und zog jetzt ihre Zunge an die Stelle, an der sie vor wenigen Augenblicken ihre Finger gezogen hatte.

Und ich konnte diese Zunge auch fühlen, als sie die erweiterte Kante meines Anus umkreiste, genau dort, wo die Scheiße herauskam.

Stella leckte seinen Anus und fickte ihn mit eifrigem Flackern ihrer Zunge.

Während ich weiter kackte, leckte sie meine Scheiße mit ihrer Zunge, bis sie endlich meinen Darm geleert hatte, und drückte nach diesem ersten noch ein paar Meilensteine heraus. Stella leckte gierig jeden einzelnen, als er aus mir herauskam.

Er schlang sogar seine Lippen um den letzten, als ich ihn drückte und ihm ein wenig saugte, als würdest du an einem Dildo saugen, der an ein Mädchen gebunden ist.

Diese junge Frau, anfangs so schüchtern und doch so aufgeregt, erwies sich als eine sehr schmutzige Frau, und ich konnte nicht anders, als mich spöttisch daran zu erinnern.

"Auf meinen Knien, meine Scheiße lutschend, wenn nur andere dich sehen könnten."

"Oh Gott! Sag das nicht einmal", keuchte sie, errötete und kicherte dann wie ein leicht schuldbewusstes, aber glücklich böses Schulmädchen, das ein Geheimnis mit einem anderen teilt.

Ich habe die Toilette benutzt, ich habe fertig uriniert und gekackt, ich habe nach der Toilettenpapierrolle gegriffen.

Aber Stella packte mich sanft am Handgelenk und hielt mich auf.

"Lass mich dich sauber lecken", sagte er, "kann ich?"

"Natürlich kannst du das", sagte ich und stand von der Toilette auf, als Stella sich auf den Knien die schöne Zeit nahm.

Es dauerte viele Minuten, bis ich meinen mit Urin getränkten Schamstrauch, meine verschwitzte Fotze und dann meinen klebrigen braunen Anus gereinigt hatte.

Endlich stand sie auf und sah mich mit großen Augen an, fast in Trance. Ihr Gesicht war unordentlich wie das eines schlampigen Mädchens, feucht von meiner Pisse und von Scheiße braun gefärbt.

Sie streckte sogar schüchtern, aber etwas unanständig die Zunge heraus wie ein Schulmädchen und ließ mich sehen, dass sie vom Putzen braun bedeckt war.

Irgendwie sah sie so absolut, entzückend begehrenswert, ungezügelt und zurückhaltend aus.

Eine charmante und glückliche Schönheit, deren einfache Verderbtheiten entfesselt wurden.

Dieser Ausdruck in seinem Gesicht war unbezahlbar, ebenso wie seine nächsten Worte, die so liebevoll gesprochen wurden.

"Küss mich, bitte küss mich ..."

Sie bat mich, sie zu küssen, sie zu küssen, nachdem sie mich sauber geleckt, den Urin von meiner Muschi und die Scheiße von meinem Loch geleckt hatte.

Könnte ich, würde ich das tun?

Schmecken Sie meinen eigenen Abfall auf den Lippen dieser Schönheit, auf ihrer Zunge?

Ich betrachtete mich als eine sehr erfahrene, verführerische, sexualisierte und hemmungslose Frau.

Aber das war neu für mich, es war definitiv ungewöhnlich.

Aber jetzt, als ich diese großen süßen haselnussbraunen Augen betrachtete, die von diesem zarten, liebevollen, ängstlichen, fast verzweifelten Blick entzückt waren, konnte ich nichts dagegen tun.

Als ich meine Arme um sie schlang, ihren warmen, weichen Körper in meinen zog und ihre Brüste gegen meine spürte, drückte ich meine Lippen gegen ihre und küsste sie, küsste Stella.

Ich küsste sie leidenschaftlich, öffnete meinen Mund, drehte meine Zunge, genoss, genoss, was sie aus meinem Körper ausgeschieden hatte, den Urin, die Scheiße, was Stella eifrig begehrte.

Teilen Sie diese tiefe Intimität, die zwei Frauen jetzt teilen.

ENDE

www.ingramcontent.com/pod-product-compliance
Lightning Source LLC
LaVergne TN
LVHW041028150826
845672LV00001B/245

* 9 7 9 8 2 3 0 1 0 6 5 8 6 *